桜駅

~遠い日のノスタルジー~

橘 葉
TACHIBANA You

文芸社

これは、昭和三十年代が舞台の物語である。

一

花弁は西から東へ流れていた。その一つの花弁が真新しい学生帽の上へ落ちてきた。

「あらあら、記章の桜と桜の花弁、巡り合わせの良いこと。記章はこの花をデザインしたものなのよ」

母親は学生帽をかぶった男の子に、その花弁を取って見せた。

「えーっ、お母様、帽子の記章って、この花なの?」

「そうよ、この桜なのよ」

「ふーん、でも、なんか違うみたい」

男の子はじっと花弁を見つめた。しかし、それはつかの間だった。

「これは、ね」

母親がそう言いかけた途端、男の子は母親の横をすり抜けて、母親の後方へ駆けていった。子供の動作はせわしい。興味のある方、興味のある方へと移っていくのだ。

駅のホームの満開の桜は昨日の雨で、その姿を二分ほど落としていた。母親は子供の姿を追いかけながらも、その上に覆いかぶさるような桜の並木を見ていた。

「本当に一雨ですっかり姿を変えて……」

その女は息子と桜の並木を交互に眺めた。

この女は成瀬洋子という。清瀬市「尾張」の小学校の入学式のあと、夫の許しを得て実家で一泊した帰り、この国鉄鵜又駅（岐阜県）の友人宅へ来ていたのだ。洋子は、この時期に最初の子を流産している。だから同じ時期に生まれた今の子を大事に大事に育ててきたのだ。

駅の向こうのホームは無人、こちらのホームには、老夫婦とハットをかぶった男がいるだけだった。洋子が時計を見ると、あと五分ほどで上りの列車が来る時刻だ。

「正夫ちゃん」

洋子は羽織の袖を左手で押さえ、右手を軽く上げた。だが、正夫は桜の花弁が敷き詰められたホームにしゃがんだまま動かない。じっと水たまりを見ている。

「もう、正夫ちゃん」

洋子はホームの先にいる正夫の元へ小走りで向かった。

「正夫ちゃん、もうすぐ列車が来るの。ぐずぐずしてたら乗り遅れるわ。さぁ立って。早めに列車を待ちましょう」

洋子は優しく促した。それでも正夫はじっとしたまま動かない。

「ねぇ正夫ちゃん、今度の列車に乗り遅れたら、あと三〇分待たなければいけないのよ。ね、さぁ行きましょ」

洋子は腰を下ろし、正夫の肩に手をかけた。

「お母様、この水たまりに魚がいる」

正夫は振り向きざまに言った。

「えー？　魚……本当？　ここは水たまりよ。いるわけないでしょ。蛙かなんかじゃないの？」

母親は信じられないという顔を正夫に向けた。

「違うよー」

正夫は母親にすぐ否定されたものだから半ベソの声になった。

水たまりは六〇センチほどの円形で、花弁が無数に浮いている。

「正夫ちゃん、もしそうだとしてもね、またにしましょ。お母さん、これから家に帰ってやりたいこと、山ほどあるから」

洋子は大人の言い訳をして正夫を納得させようとした。まだ正夫は動かない。

「三時三〇分、上り中京行き普通列車、間もなく一番ホームに到着します。ご乗車の皆様は、白線の内側まで下がってお待ちください」

駅の待合室の上のスピーカーから駅員の声が流れた。やがて蒸気機関車が黒い煙を吐きながら、駅のホームの中へ力強く入ってきた。普段ここで降りる客は少数だが、それでも日曜日の午後ともなると、町に遊びに行った若者たちがゾロゾロと降りてくる。洋子は急いで正夫を立ち上がらせようとするのだが、正夫は何かに取りつかれたように動かない。

「正夫ちゃん」

洋子の声が飛んだ。洋子と正夫は、降りた客に押されてホームの木の柵まで押しやられた。

「いっ」

洋子は低い呻き声を上げた。木の柵ではなく、その向こうの鉄条網に手をかけたのだ。左手にかけていた布袋は、ホームに音を立てて落ちた。洋子は右手で左手の血を押さえている。

「確か、タオルが中に、いっ……」

また激痛が走った。

横の正夫は降りた客にはじき出されて、やっと我に返ったみたいだった。しかし母親の異常な姿に立ちすくんでいた。

「お母様」と声を出した途端、正夫は半泣きになった。

「正夫ちゃん大丈夫よ。ちょっとケガをしただけだから。お母さん、手が使えないから、この袋の中のタオル取ってくれない」

洋子は目で布袋を示した。正夫はその布袋をかき分けるように探す。

「お母様、ないよ」

「大丈夫よ。慌てないでちゃんと探すのよ」

洋子は正夫を諭した。

「ない、ない、ない」

正夫は半狂乱になって駅のホームに荷物を放り出した。コンパクトや、つげの櫛が散乱した。

「お母様、ないよ」

正夫は泣いた。子供に頼れない。

「そうだわ」

洋子は着物の裏地を裂いて包帯代わりにしようと思い、左袖の中を引っぱった。だが、左手をしっかり握っていた手は、すでに握力がなくなっていた。

「どうかなさいましたか」

太い低い声が二人の後方から聞こえた。逆光で顔はよく分からないが、確か駅のホームにいたハットと背広の男だと思った。その男の後ろを汽車は動いていく。

「あ、いえ、少しケガを」

洋子は息子の手前、気丈に答えた。

「うーん、血が垂れているじゃないですか、ちょっとじゃありませんよ」

ハットの男は、洋子が押さえているその手をじっと見た。

「どんな痛みですか」

ハットの男は、のぞき込むように尋ねた。

「あ、はい、ズキンズキンと」

洋子は少し目を伏せて答えた。

「こりゃあ、いけませんね」

ハットの男は自分の持っていたバッグをかき回した。

「これは旅館からもらったものなんですけど」

と言いながら、そのタオルをグルグルと洋子の左手に巻いた。

「痛ければ、手を上へ上げれば痛みが薄れますよ」

ハットの男は洋子の左ひじを少し上げた。

「えっと、あとは」

ハットの男は周囲を見回した。そして鉄条網の血の跡を見た。

「こりゃあ、錆びているじゃないですか。ここで待っていてくださいよ、駅員を呼んできますから」

ハットの男は急ぎ駅舎の方へ駆け出していった。洋子が移動するまでもなく、すぐにハットの男は駅員を連れて戻ってきた。老年の駅員のせいか息をきらしている。ハットの男は、緑の救急箱を駅員からひったくるように取ると、脱脂綿に含ませた消毒液を洋子の左手に押しあてた。

「うむ、足らんな」

ハットの男は、独り言のようにつぶやくと、またも垂れるほどの消毒液を脱脂綿に含ませて、洋子の左手に押しあてた。洋子の顔は苦痛でゆがんだ。左手は泡だらけになった。だが、深く裂けた左手中指の根の部分は血が止まらない。

「駅員さん、この近くに医者は?」

「あ、山の上の診療所しか……」

(う~ん、道理で周囲を見渡しても、それらしき看板がないはずだ)

ハットの男は心でつぶやいた。

「他に病院は？」

「隣町にしかありません」と駅員は答えた。

「診療所か、しかし医者は医者だ。日曜日だが、そこで傷を縫ってもらいましょう。

駅員さん、すみませんが、ハイヤーかタクシー呼んでください」

ハットの男は、矢継ぎ早に駅員に指図した。

「あ、はい」

老年の駅員は救急箱を片付けると、そそくさと駅舎へ戻っていった。

正夫は母親に寄り添っていた。

「坊や、お母さんは手が不自由だから、その散らかっている荷物、片付けてやりなさい」

ハットの男は言った。

「ハイ」

正夫は大人が来て安心したのか、はっきり答えた。

ハットの男も自分のバッグを直し、洋子を気づかいながら駅舎横の待合室へと連れていった。駅舎の中を見ると、さっきの駅員がつばを飛ばして電話をしている。その態度は横柄だ。たぶんタクシーがつかまらないのだろう。駅員は受話器を憮然と置いた。

「タクシーつかまらないんですか」

ハットの男は駅舎の中へ声をかけた。他の二人の駅員がこちらを振り向いた。老駅員はバツが悪そうに駅舎から出てきた。

「どうもすみません。タクシーはみんな出はらっていると言うもんで……」

駅員はありきたりの言い訳をした。自分の態度を恥じたのだろう。

「駅員さん、タクシー必ず来ますよね」

「あ、それは頼んでおきましたので」

駅員はいんぎんに答えた。

「ところで駅員さん、なぜ、木の柵の向こうに鉄条網を作ったんです？　それもあんなに近く。これじゃあ、ケガをしてください、といわんばかりですよ」

ハットの男はこれまでの疑問をぶつけてきた。その目は本気の目だった。

「あ、あれはその、最近……」

いきなり鉄条網の話が出たから、駅員はしどろもどろになった。そして駅員は自分の責任にされてはかなわぬと思ったのか、「次の仕事がありますんで」と言って駅舎の中へ入っていった。

その老駅員を若い二人の駅員が見た。

（なんという態度だ、きちんと説明になってない）

ハットの男は思った。

「他の駅では、こんなオリみたいなことはしていませんぞ」

ハットの男は駅舎の中へ叫んだ。その声を老駅員は聞こえぬかのように、自分の仕事をし始めた。

「あのう、もういいんです」

それまで黙っていた洋子が口を開いた。

「しかし」

「いいえ、そうやって言ってくださっただけでも胸のつかえが取れました。私、ここに知り合いがいるものですから」

洋子は丁寧に頭を下げた。

「あ、いや、ここにお知り合いが。それなら安心だ」

ハットの男は少し笑った。

「ねぇお母様。じゃあ、また、鵜又のおば様の家へ行くの？」

正夫が口を挟んだ。

「ううん、分からないわ。お医者様次第よ」

洋子は自分の腰にまとわりついている正夫に言った。


二〇分ほどして、やっとタクシーが来た。その間ハットの男は、近くの雑貨屋でタオルや脱脂綿を買ってきてくれた。洋子は診療所まではと遠慮したが、それでは中途半端だと言って診療所まで付き添ってくれた。正夫の不安そうな目を見て、気の毒に思ったのだろう。

らせん状になった山の中腹に、その診療所はあった。木造の白い平屋建てだった。

洋子の治療は、一時間ほどで終わるはずである。その間、ハットの男と正夫は待合室で洋子を待った。

待つ間、正夫は夢中で駅のホームの話をした。魚の色は青かったと言う。ハットの男はいちいち、うんうんと正夫の話にうなずいていた。わずか一時間ばかりだったが、正夫はその何倍も話したような気分になっていた。

正夫の父親は、正夫とろくに話をしない。それだけに正夫は、自分の話を聞いてくれるこの男が好きになっていた。端で見ていると、本当の父子、そんな雰囲気がする二人だった。

洋子は真新しい包帯と三角巾をして、治療室を出てきた。その顔は少し浮かぬ表情だった。

「どうかなさいましたか」

ハットの男は洋子に尋ねた。

「そのう、お医者様に二、三日泊まっていけと言われたものですから」

「そうですか」

ハットの男は心配そうに手の包帯を見た。

「でも、医者がそう言うなら、そうすればいいではないですか。術後に破傷風ってことも考えられる。医者も心配なんでしょう」

ハットの男は、医者と同じようなことを言った。診療所にもう黄昏が迫っていた。

黄昏が男の右頬に迫った。

「では、私はこれで」

ハットの男は、染み入るような笑顔を洋子に向けた。

「あっ」

男の笑顔に一瞬洋子の胸が鳴った。ありがとうございますの言葉が出ず、ただ頭が下がった。

「おじさん」

去りぎわのハットの男に正夫が叫んだ。

「僕ね、きっとあの魚、また見れるね」

正夫はハットの男に次の言葉を期待した。ハットの男は半身になって後ろを振り向いた。

「坊や、人は一度見たら二度と見られないものもある。だがな、良いことをしたら、また見られるかもしれん。お母さんをこれからも守るんだぞ」

ハットの男は、正夫にはっきりした声で言った。

「うん」と正夫は力強く言うと、その白い小さい歯を見せて笑った。

二

なだらかな白い稜線の山脈と、切り立った白い稜線の山脈の間を一台のバスが走り抜けていく。まだ左右の丘陵地にはところどころに雪が残っていて、春とはいっても北風が吹く日には、真冬を思わせる肌寒さだった。

本田亀吉は諏訪市から、この伊根市までの五〇キロを十数年も走り続けているベテランの路線バス「急行」の運転手である。上諏訪から下諏訪、岡谷を通り、この伊根市まで日に二度往復していた。亀吉は別の路線、塩尻峠から見る真っ青な諏訪湖も好きであったが、この二つの山脈に挟まれた高原を走ることは、それ以上に楽しみであった。ただまっすぐな道を走るだけだが、左右の草花や山脈がおりなす四季の変化は、毎日毎日が目新しいことばかりだった。伊根市終点の停留所では、同年代の鈴木紀八が、売店の店主兼任で諏訪裕福バスの切符を売っていた。

「よう、ご苦労さん」

最後の客を降ろし、バスの点検を終えた亀吉を、紀八は改札口で迎えた。車掌の女は、まだ掃除をしているらしく、バスの窓に帽子をかぶった頭が上下に動いた。次の出発まで四〇分ほどある。紀八はストーブの上の鍋の中の牛乳を勧めた。湯気が左右からもれている。これも二人の馴染みの光景であった。だが亀吉は横にあるやかんの白湯で口を湿らせただけで、その牛乳をいつも手にしなかった。

「あはぁ俺は、いつ牛乳を取るかと、かかあと賭けをしているんだが、今日も取らなかったか。やっぱりおめえは俺と違うな」

紀八はそう言うと、自分はコーヒー牛乳を取って飲んだ。

「ま、そうでなくちゃ長丁場の運転だ。途中で便所に行った日にゃ、客に示しがつかないもんな」

紀八は嬉しそうに笑った。停留所の壁には、真新しいポスターが貼ってあった。たいていは観光用のポスターで、今年は高遠の桜のポスターが貼ってあった。やっと掃除が終わったらしく、車掌の女は、紀八に一礼すると売店横の休憩室に入っていった。

客は風呂敷を背負った行商人や、子供を連れた女たちが多かった。朝、伊根市で仕入れたものを、これから沿道の町や村へ売りさばきに行くのだろう。行商人の連れの女の子が、アメ玉を落としたと言っては泣いている。亀吉はその女の子をちらりと見ては、自然と桜のポスターが貼ってある壁へ目を移した。

「紀八さん、裕福バスのお嬢さん、今年も例のごとく旅行に出かけられたよ」

亀吉は感慨深げにポツリと言った。

「えっ？　またか」

「そうだ、専務宅にいるきみ子が教えてくれた」

「もう何年になる？」

「そうだな、奥様が諏訪の療養所に行かれて一年、いや……先代が亡くなられて三年だから、三年は経つかな」

亀吉は年数を確かめるかのように一本ずつ指を折った。

「うーん、お嬢さん、やっぱり自分の素性が知りたいんだな」

紀八の口からポッリとつい本音が出た。

「しっ、紀八さん」

亀吉は周りを見回した。紀八もはっとして同じように周りを見回した。

「もう、声が大きいぞ」

亀吉は声を押し殺して言った。

「おめえがこんな所で言うから」

紀八は責めた目で亀吉を見た。「外で話そう」と亀吉は停留所裏へ紀八を促した。

「オーイ、俺は花壇の所にいるからよ」

紀八は売店にいる女房に向かって言った。花壇といっても花はなく、土が盛ってあるだけである。

「しかしなんだな、この年になっても、よく思い出すんだが、あのお嬢さんの実の母親、桜の散った頃だったかな……哀れといえば哀れだったな。着の身着のままというか、野垂れ死にっていうか」

紀八は言った。

「ああ、それは俺も覚えているよ」

亀吉は花壇の石に腰を下ろした。

「しかし、お嬢さんは養女になって、幸せになったんじゃないかな、奥様に拾われて」

紀八は昔を懐かしむような顔をした。

「しかし俺は今でも不思議に思っているよ。なんで奥様の庭で母親は死んでたのかってね」

亀吉は小さな声で言った。

「ま、その話は詮索するのは止めとこう。奥様は世間体を考えて内密に処理したんだから。それに医者が病死だと判断している」

紀八は亀吉の言葉をさえぎった。

「うーん」

疑惑が残っているかのようなため息を亀吉はついた。

「ま、亀さん、おかしいと思っていることもあるだろうが、あの朝早く俺は、クビを撤回していただこうと思って、おめえと一緒に社長宅へ行った。そして、あの母親の死に目にあった。お嬢さんにゃ悪いが、その縁で奥様には良くしていただいている。いわば糊口を凌いでいるってわけだ。おめぇと違って俺は、運転はからっきしだったからな……」

紀八は地面の一点を見つめて言った。

「うーん」

亀吉は返す言葉がなかった。

そういえば自分も、親類の娘、きみ子が経営陣の一人、専務宅に世話になっているのだ。

「だけどなー」

紀八はため息まじりに言って、そのまま黙りこくってしまった。

「なんだ、気になるなー」

亀吉は言った。

「やはり、あれほど先代との間にお子ができなかった奥様に、お嬢さんを養女にして数年で、若社長がお生まれになって、いつの頃だったろうか……奥様はお嬢さんに対して少し変わられたな……」

紀八は寂しそうに言った。

「うん、まあな。我が子と同じようにはいくまい。おっと五分前だ。それじゃまたな」

「おう、ところでお嬢さん、今年はどちらへ」

「確か東海方面って、きみ子は言っていたが」

「そうか、あそこなら今、桜は満開かもしれねえな」

紀八は気を取り直したように言った。

亀吉がバスまで行くと、女の車掌が鎖を張った改札口で亀吉を待っていた。すでに客は並んでいて、亀吉のバスは定刻通り九時一〇分、伊根の停留所を出発した。それと同時にパラパラと氷雨が停留所の屋根に落ちてきた。

桜前線は、三月の中旬から五月中旬にかけて日本列島を北上していく。

水上真一郎は桜前線同様、南から北への旅を計画していた。だがそれは、夢想するだけで、すぐに断念せざるを得なかった。この桜の開花時期は、年の暮れと同様、日本社会では一つの区切りとなる月である。何かと忙しい。東海地方の県庁に身を置く真一郎とて例外ではなかった。そう何日も休暇は取れない。よく遠い所から観光地を回ったらと言う人間もいるが、まずは無理をせず、近い所から回った方が日程的に無難である。真一郎はそう考えていた。

一昨年は彦根城の桜、去年は高山本線沿いの桜、木曾川峡谷の桜であった。その帰途、途中下車して会った母子のことは、今も鮮明に覚えている。

真一郎は三年前、不幸にも一人息子を事故で亡くしている。それはちょうど、この桜の時期であった。だから駅で、仲睦まじいあの母子のことは気にかけていたのだ。

人と人との出会いには、さまざまなものがある。嬉しいもの、悲しいもの、そして怒りを伴うものとある。この母子のことは、嬉しいことには違いないが、嬉しさとは別な、何か不思議な感覚があった。今年また、あの親子のような出会いがあるかどうか、それは分からないが……。

（うーん、今年は休暇を取れぬとなると、近場で日帰りだな）

　真一郎は一つ大きなため息をついた。

　この四月から真一郎は、東海地方の河川の新しいプロジェクトに回されることになっている。

　これは最近問題になっている、特に汚れのひどい河川の水質浄化のプロジェクトである。県庁に入った頃、真一郎は農林畑を希望していたが、意に反して各工場が排出する廃液や地下水、井戸水の汚染を調べる技官に回されている。ところが計算実務に強いことが分かると、一転して経理課に配属された。そしてまた水質保全課である。この間戦争を挟んで二十数年の月日が流れていた。

　真一郎の結婚は遅く、三〇歳過ぎて良子と一緒になった。良子の父親は、法務省の役人であった。真一郎が経理課に回された三年後に、県庁の上司の勧めで見合い結婚したのだ。良子とは、今は別居状態が続いている。一人息子が死んで気の病に臥せったのだ。離婚を考えぬこともなかったが、良子や、周りのことを考えると、なかなかふんぎりがつかなかった。

真一郎は古い本棚の中の地図をめくってみる。この中に桜の木をバックに、真新しい学生帽をかぶった息子の写真が挟んであった。一年に一度、こうして今は亡き息子の写真を見るのが、せめてもの慰めであった。


三月下旬の日曜日、真一郎は自宅から一時間ほどの中京駅に来ていた。時間は午前一〇時であった。三愛県の鉄道は国鉄と、それを補完するように私鉄の中部鉄道が、左右の主たる都市へ交通網を張り巡らしている。

真一郎は中部鉄道に乗り込み、中京から豊橋まで往復し、車窓左右の桜を楽しみたいと考えていた。途中、近年有名になってきた岡崎の桜を見たいとも思っていた。中京駅からくすんだ赤色ボディーの電車に乗って、真一郎は左の車窓の桜を駅ごとに見た。まったく桜のない駅もあったが、それはそれで、建物に理由をつけて写真のアングルを考えればよかった。

一一時過ぎ、真一郎は窓際の席を立ち、他の客に押されるように岡崎西公園のホームに降り立った。

今日は日曜日であるためか、朝から桜見物の客でごったがえし、すし詰め状態だったのだ。皆、ガヤガヤと私語をしつつ丘の上のホームから、丘の下にある駅舎の方へゾロゾロと歩いていく。

真一郎は桜見物の人波を見送り、ホームの待合室のベンチに腰を下ろした。最後に電車を降りた客がベンチを過ぎたあと、真一郎はゆっくり立ち上がり、電車の進行方向とは逆の方向へ歩いていった。降りた際、ソメイヨシノの間に八重桜があるのを発見したのだ。

それは真一郎の背丈ほどの桜の木ではあったが、他の悠然としたソメイヨシノの中にあって、まだ蕾であった。しばらくその八重桜をカメラにおさめたあと、真一郎はタバコに火をつけた。これみよがしに、木の柵に針金でしばりつけた空き缶を見つけたからだ。紫煙は西から東へ流れていった。

向こうのホームには、先ほどの電車と入れ違いに、反対方向の電車がすべり込んできた。この電車は、真一郎が乗ってきた電車ほどの人数は降りてこなかった。その客を真一郎は何げなく見送る。家族連れもいれば、友人同士、または恋人同士らしい二人連れもいた。中にはゴザを背負い、網籠を持った客もいる。中に一升瓶らしきものも見えた。その客が行ったあと、真一郎と同じようにホームの降り口とは逆方向に歩いていく女二人が見えた。

二人は真一郎同様、肩にカメラをかけている、そして旅行カバンも。一人はつば広帽子にトレンチコート、もう一人はベレー帽にチョッキ姿だった。真一郎は見るとはなしに、その二人の女の姿を追った。

（女の二人旅か。ま、珍しいことではあるな）

真一郎は二本目のタバコに火をつけた。そして目をトレンチコートの女に向けた。

「あっ」と真一郎が小さく叫ぶ。タバコが胸のコートの上を滑るように落ちた。真一郎は慌てて、その火の粉を払った。そしてタバコを靴でもみ消すと、トレンチコートの女をまた見た。

（まさか、こんな所でまた会うとは）

真一郎は帽子を取り、向こうのホームのトレンチコートの女に声をかけた。

「正夫君のお母さん、お久しぶりです。今日は桜見物ですか」

やや大きい声で真一郎は言った。

女二人は驚いたように真一郎を見た。そして互いに顔を見合わせた。トレンチコートの女が首を振る。ベレー帽の女も首を振る。

（えっ）

真一郎は心の中で不安になった。

正夫の母親は、一年前の自分のことを忘れたのか、それとも何か事情があって自分と関わりたくないのか？　真一郎はとっさに判断できなかった。両者の間に線路を隔てて、ただならぬ空気が流れた。トレンチコートの女が、つば広帽子を少し上げてみせた。

「あのう、お人違いでは？」

女が声を発した。真一郎は女の顔をしっかと見た。

（似ている、顔も声も。しかし、これほど似た人間がいようとは？）

真一郎はあぜんとなった。

正夫の母親の写真は、正夫にカメラの説明をしていた時、正夫が写したものだ。少しブレてはいるが、今も本棚の隅に隠されている。よく見ると、正夫の母親より少し若い。やはり人違いだ。それにしても似ている。

（完敗だ）

真一郎は心の中でつぶやいた。

自分は、カメラの腕が玄人はだしだと思っていた。そして一度会った人間でも、それなりに記憶を辿れば対処できた。それがブレているとはいえ、たまに正夫の母親の写真を見ていた自分がこの有り様である。そして女は無視せず、怒りもせず、自分に理知的に対応してきた。ここはもう潔く謝るしかない。真一郎は謝ろうとしたが、実際出た言葉は弁解だった。

「いやー、似た人がいたもんですから」

真一郎は苦笑いの顔で言った。トレンチコートの女とベレー帽の女は、またも顔を見合わせた。そしてベレー帽の女が、ホームの先に身を乗りだして言った。

「おじさま、それがお返事？　それとも、そういうふうにして婦女子に声をかけ、誘惑していらっしゃるの？」

顔はコケティッシュで可愛らしいが、言葉はきつかった。真一郎は黙って首を横に振った。

「あのねぇ、私たちはもうその手に引っかかるような……」

そう言いかけた途端、トレンチコートの女がベレー帽の女の袖を引っぱった。二人は小声で話したあと、駅舎の方へ歩いていった。

ベレー帽の女は憮然とした表情、トレンチコートの女はやや悲しみをたたえた横顔だった。二人が踏切を渡り、駅舎の中へ消えていったあと、真一郎はベンチに座った。疲れがどっと出た。そして言いようのない寂寥感を味わった。自分ではこの程度のことと思ったが、母子とのすがすがしい出会いのことを思い返すと、この出会いはほろ苦い出来事となった。

カタカタカタ、コトコトコト。清瀬市にある「安藤ミツ洋裁教室」から、ミシンの音が外の本通りの並木道にもれていた。

成瀬洋子は週に二度、この洋裁教室で縫製の技術を学んでいた。夫・道夫と姑には内緒である。だから午後一時から午後三時の間、隣町にあるこの洋裁教室での技術習得は、洋子にとって真剣勝負であった。一年前、岐阜県の鵜又駅でケガをした洋子は二日間、山の診療所に入院した。そして診療所から電話をかけ、三日後に正夫と清瀬市の嫁ぎ先へ帰るはずだった。

しかし姑は正夫の不登校を許さず、洋子の実家の母親に正夫を清瀬市の嫁ぎ先まで送らせたのだった。ここまでなら、洋子は姑を許せたはずだったが……その際、姑は洋子の母親を岐阜県の迫田町に追い返している。家が改築中という理由をつけて……。

洋子の心は、この時爆発した。夫は、清瀬市で手広く商いをしている商社の会長の息子だが、商才がないことを理由に父親から役所勤めを勧められ、今は地方公務員である。商社は現在、洋子の夫が一番可愛がっている妹が継いでいる。

一方、洋子の祖父は、岐阜県の鵜又地方の山林王であった。洋子が清瀬市に嫁いできた時、周りは蝶よ花よともてはやし、下にも置かぬ扱いだった。

しかし実家の経営が行き詰まり、祖父や父が相次いで死んだあとは、姑や小姑のいやがらせが始まっていた。姑べッタリの夫、嫁にもいかず、洋子を女中代わりに使う夫の妹、そして夫の出世が遅いのは洋子のせいだと、なじる姑。洋子は閉塞感の真っただ中にいた。それを打開するために手に職をと、この洋裁教室に来たのだ。

外出していた安藤ミツが、洋裁教室横のアトリエへ男二人を従えてマネキン人形を運んでいった。今年出品するモード祭の作品を着せる人形である。そのあと、教師の高田と共に安藤はミシンをかけている生徒たちを見て回った。そして洋子をしばらく見たのち、安藤はまたアトリエへ戻っていった。

洋子が壁の時計を見ると、もう二時四五分である。集中しているから余計時間が短く感じられる。

（今日は義妹の友人たちが来る。その支度もある。今日は少し早めに授業を終わらせてもらおう）

洋子がミシンを止めた時、教師の高田が近づいてきた。いつも授業を終える時は洋子から手を上げるのに、（何かしら？）と洋子は高田を見上げた。

「洋子さん、安藤先生がアトリエに来るようにって」

教師高田は不機嫌そうに言った。

洋子がアトリエのドアをノックすると、中から安藤の声がしてアトリエに招き入れた。中は二〇畳ほどで、中央に先ほどのマネキン人形が置かれていた。周囲には型紙が付けられた布が散乱している。

「ねえ、洋子さん。あなたなら、今年の秋の基調、どれにする?」

布を見つめたまま、いきなり安藤は洋子に答えを求めてきた。最近のファッションショーは、季節の変わり目ごとでなく、ずいぶん前に開催されることが多くなった。今は三月、それがもう秋のファッションショーの開催であった。安藤はその下準備に追われていた。

「高田先生を差し置いて、そんな」

洋子は躊躇して次に言う言葉を控えた。

「いいのよ、言ってみて。あなたは控えめな人だけど、芯は持っている人。別段批判する人もいないわ」

安藤は部屋の周りを指さした。その一点の方向に布とは違う物が混じっていた。

「先生、あれは？」

「ああ、あれ？　あれは中学生の娘がどこかで引っかけてきたらしく、制服を破いてきたのよ。私が替わりは何着でも買ってあげると言っても、繕えって、きかないのよ」

安藤は投げやりな言葉を吐いた。

「私、直します」

洋子はそう言うと、自分の手さげ袋からハサミ、針、虫メガネなどを出し、虫メガネで布目を見ると、裏地を取って縫い始めた。洋子の集中力はすごい、あっという間に繕い終えたのだ。その間安藤は洋子の手さばきを見ていた。

「ふーん、さすがだな。ちょっと見せて」

時折男言葉を使う安藤は、洋子が繕った制服を手に取ると、さっと手で撫でた。

「完璧」と安藤は笑った。洋子もつられて笑った。

「あのう先生、よろしいですか」

「おっ、いいよ、いいよ」

安藤は笑ったまま言った。

「私、思いますに、中京圏の人ってオーソドックスっていいますか、奇抜なことを嫌う傾向があると思うんです」

うん、うんと安藤は相づちを打った。

「それに、秋にはブラウン系とか、この色、この柄とか定石みたいなものがあって、でもそれではファッションの殻を打ち破れないと思うんです」

「うんうん」

安藤の声は低く、その声は真剣みを増してきた。

「目立って、暖かみがあって高級感があるもの、私は……」

洋子は立ち上がって布の一枚を拾い上げた。

それは、やや赤みがかったオレンジ色だった。洋子はそれをマネキンの胸に当てた。

そしてその下に白い布を挟んだ。

「うーん、いい」

パチパチパチと安藤が嬉しそうに手を打った。

「素材は？」

またもや安藤が言った。

「カシミヤです」

「カシミヤかぁ、うんうん」

安藤は大きくうなずいた。

「よし、それでいこう」

安藤はそう言うと、スタイルブックに自分の想像している秋のファッションを描き始めた。安藤の集中力もすごい。一〇分くらい経ったであろうか、安藤はスタイルブックを閉じた。洋子が時計を見ると、三時をとうに過ぎている。

（今日は義妹の友人が……）

だからといって安藤に「もう帰ります」とは言えなかった。時計が少し気になり始めた頃、安藤が気をきかせて話してきた。

「ねえ、洋子さん、あなたが箱入り娘ならぬ、箱入りお嫁さんとは知っているけど、もう少し時間取れないの？」

安藤の声は優しかった。

「え、はあ」

洋子は曖昧な返事をして黙った。

この安藤は成瀬家の外側を見ている、内情は知らないのである。広い屋敷に女中なんかおらず、毎日毎日が洋子にとって戦場みたいなものだった。

「洋子さん、私ね、今度の秋のファッションショー、あなたに縫製全部任せようと思うの。その準備や何やらが、この一五日から始まるわ。でね、できたらその一週間つきっきりで私の元にいてほしいのよね、ご家族説得できない？」

安藤は先ほどと違って妙にしんみりとした口調で言った。洋子はとっさに噂を思い出した。口うるさい町の雀が言うには、沢木という若いライバルが現れて、販路を奪われそうになっているという。

「え、でも教師の高田さんがいらっしゃるのに」

洋子は小さく答えた。

「あ、高田さんならいいのよ。生徒さん専門に見てもらうから」

安藤はきっぱりと言った。その口調にはトゲがあった。

「よーし、これでいいか」

教師の高田のことが出て心に芯が戻ったのか、安藤はマネキン人形に先ほど洋子が当てた布を重ねた。そして次は、自分の娘の制服を拾い上げた。それから洋子の方を振り向くと、「これ、私がしたことにしていい？」と言って片目をつぶった。


豊橋駅は岐阜から豊橋まで走る中部鉄道の始発とも、終点ともなる駅である。同じエリア内に国鉄豊橋駅もある。

その北口の待合室に、黄色のトレンチコートを毛布代わりにして、窓際のベンチに背を預けている女がいた。あの岡崎西公園で、水上真一郎にガールハントされたと勘違いしたベレー帽の女だ。

もう一人「トレンチコートの女」はいない。いや来た。トレンチコートを連れに貸したので、女はセーターにスラックス姿である。薬局の小袋を抱えて小走りに戻ってきた。

「大丈夫？」

トレンチコートの女は、ベレー帽の女の顔をのぞき込んで、「久子さん、具合はどう？」と声をかけた。ベレー帽の女は、重たい瞼を少し開け、「明子さん……」と言ったあと、また閉じた。

「ねえ、やっぱり近くの旅館に泊まりましょう。その状態では途中でダウンして、もっとひどくなるわ」

明子は、ティッシュで久子の目を拭いてやり、マスクをかけてやった。どうやら感冒のようで、目さえ開けるのもおっくうのようであった。

「でも、明日は役員会があるし、どうしても今日中に列車に乗らないと」

目をつぶったまま久子は言った。

「もうそのことなら、心配いらないわ。担当課長に電話して出席してもらい、要点だけ言ってもらえば済むことよ。あとで書類を回せばいいわ。ね、そうしましょ」

それから明子は、駅員に旅館の案内所を尋ねると、またもや久子を残して雑踏の中へ消えていった。そして一五分ほどで、タクシーの運転手と共に戻ってきた。久子は足元もおぼつかない様子だったが、運転手が来てからは、気丈にも明子につかまりながらタクシーに乗り込んだ。

旅館案内所で紹介してもらった旅館は、市内の外れの閑散とした所にあった。和風で部屋が一〇室余りの旅館であった。近くには豊町川が見えた。食事は特別におじやを作ってもらうこととし、明子は押し入れからふとんを出し、敷いた。久子は窓際の椅子に座り、ぼうっと外の風景を見ている。久子が明子に話しかけた。

「明子さん、私、今日はこんなふうになっちゃったけど、本当はこんな旅がずっと続けばいいなと思っているの。馬鹿ね、私ったら。明子さんにとったら、早く故郷が知りたいでしょうに……」

久子は涙ぐんでいる。明子の手が一時止まった。中島久子は東北出身。幼い頃、精密機械技師の継父と実母に連れられて長野県の諏訪市にやってきている。

明子は、二〇数年前、行き倒れになった女の娘で、哀れに思った創業者の大森修造が養女とした。それは明子が二、三歳の頃だった。

明子が行き倒れの母の情報を求めた先が、伊根停留所に勤務している鈴木紀八である。

それは明子が小学二年、母親が死んだのと同じ寒い桜の時期であった。大森明子と中島久子は、中学以来の親友で、この桜駅の旅の目的を中島久子だけには話していた。行き倒れになった母親のことは、明子の記憶には少ししか残っていない。

しかし駅のホームから見た白と黒の建物と、蛇の記憶だけは鮮明に残っており、それは足に残っている傷跡が呼び起こさせているのかもしれなかった。

今年は国鉄の東海道本線豊橋から静岡までの記憶を辿る旅であった。ところが、そういうインパクトのある建物は見つからなかったのである。豊橋で一泊、静岡で一泊したあと、諦めてまた豊橋へ戻り、飯田線に乗り換えようとした時、高架道に貼ってある中部鉄道の岡崎城のポスターを見たのがいけなかった。岡崎城へ寄って、ひき始めの久子の風邪をこじらせてしまったのだ。

旅館での二日目も、久子の容体はおもわしくなく、近くの内科医に旅館まで来てもらった。だが医者は、この風邪は新型かもしれないと首をひねって帰っていった。三日目の朝、症状が少し軽くなった久子は、意を決して帰ることにした。いつまでもここにいては、会社の情報が入ってこず、だいいち銀行の利子払いが気になっていたのだ。

その日の夕方、明子と久子は、諏訪市にある裕福バス本社に着いた。着くなり明子と久子は、学生社長である大森ひろしに呼びつけられた。ひろしは社長室で二人を待っていた。

「これは、これは、お二方。退社時刻に、ご出社とは恐れ入ります」

ひろしはおどけて言ったが、顔は怒っていた。

「久子さん、役員会、大変でしたよ。経理担当重役がいなければ、今度のリゾート開発の資金が、どこから出るか分からないもんですからね。経理課長は指摘されて目を白黒させていましたよ。それに姉さんのお守り役であるあなたが、二日も病で倒れるとは、誠に何と申し上げてよいやら……」

ひろしは皮肉まじりに言った。

「ひろしちゃん、何てことを、久子さんは私の親友よ。お守り役だなんて、久子さんに謝りなさい」

明子の声が飛んだ。ひろしも少し言い過ぎたと思ったのか、頭を少し下げた。

「ひろしさん。いえ社長、私ちょっと経理課へ行ってきます」

久子はそう言うと頭を下げ、ドアの方へ向かった。言いようもない雰囲気が社長室に流れた。久子は、明子やひろしと家族同然につきあってきた仲なのだ。

「久子さん、ごめんなさい」

久子の背に明子の涙声が走った。

三人は立場立場によって微妙に上下関係が変わる。三人が酒を飲む時は同僚のように、そして遊びに行く時は姉弟のように。だが会社では、上下関係がハッキリと存在する。それは分かっているはずだが、三人だけの時に、それを持ち出されると久子としても辛かった。久子が出ていったあと、しばらく明子はソファに座り、頭を抱えたままだった。ひろしは書類に目を通している。明子はすっくと立ち上がった。

「社長、お話があります。屋上で待っていますから」

そう言い残すとドアを開け、秘書室を通り、屋上に向かった。

ひろしは一〇分ほどで屋上にやってきた。明子は諏訪湖の方を見ている。ひろしはフェンスに両腕を広げると、反対の山の斜面を見た。

「ねえ、ひろしちゃん、諏訪の間欠泉のこと覚えてる？　小さい頃、間欠泉に帽子で蓋をして帽子がどこまで飛ぶかって試してみようとしたら、監視のおじさんにすごく怒られたっけ……でも今日のひろしちゃんは、いただけないな」

明子は振り向きもせず言った。久子は病気だったのだ、そのことを分かってもらいたいのだ。

「分かっていますよ。久子さんが無理して帰ってきたこと、一目見て分かりますよ。でもね、僕の立場も考えてくださいよ。この忙しい三月や四月、お二人を旅に行かせていること、それでなくても陰で大甘(おおあま)社長と言われているんですから」

ひろしは明子の方へ振り向いた。

「間欠泉か……あの頃はよかったわね。二人とも会社のことなんか、これっぽちも考えなくて。お父様も存命で、バリバリ仕事をしていらして、お母様も健康で、なんかこうバラ色って感じがして」

「でも、働きすぎって考えものだな。僕は親父が残した会社のために苦労しているんですから。会社のことを考えると、こんなやり方でいいのかなって、いつも自問自答してますよ。僕なんか社長の器じゃありませんよ。あの時、母さんに遠慮せずに、姉さんが社長になっていれば良かったんですよ。才能あるんだから……」

ひろしはため息まじりに言った。

「何を言ってるの、ひろしちゃん。あなたは社長の器よ。あなたにはお父様の血が流れているのよ」

明子は真顔で言った。明子は親ではないが、ひろしが生まれた時から、目に入れても痛くないほど可愛がってきた。そして叱咤激励した。社長になって大学を中退しようかと悩んでいた時も、やればできると励ましてきたのも明子だった。

「そうかなぁ」

ひろしは自嘲気味に笑った。

「姉さんね、社長の器ってことで言うんじゃないけどね、あの話、考えてくれた?」

「あの話?」

「もう、とぼけて。お見合いの話ですよ」とひろしは笑った。

「お見合いかぁ……ひろしちゃん、そんなに私をお嫁に出したいわけ？　本人の気持ちを無視して」

明子はムキになった。

「そうじゃありませんよ。ミス信州とデートが叶うなら、融資を考えてもいいって言う銀行家がいれば、渡りに船って考えるのが当たり前じゃないですか。もう久子さんの自転車操業的な融資の受け方では、そのうちパンクしてしまいますよ」

「でも、赤字は出していないわ」

「赤字を出したら終わりだから言ってんですよ」

ひろしは語気を強めた。

「お見合いね。私ね、そんな古くさいのではなく、やはり恋愛結婚がいいなって思っているのよ」

明子は茶化して言った。

「もう……お見合いして、そのあと恋愛すればいいじゃないですか」

ひろしはどこかで聞いたような言葉を口にした。

四月吉日、諏訪湖畔の料亭で、ひろしが勧めたお見合いは行われた。明子は久子も同席させてほしいと、ひろしに頼んだ。しかし久子が来ると、相手の欠点を指摘してお見合いどころか、取引もダメになるかもしれない、と言われ拒否された。ほぼ同時刻に料亭へ着いたお見合いの双方は、玄関で挨拶を済ませたあと、菊の間に入った。

世話人は双方一人ずつ縁続きか、それに準ずる者が選ばれた。取り持ち人は信州銀行の紹介である鉄工所の社長夫人が務めた。菊の間で改めて挨拶をしたのち、取り持ち人から双方の経歴が紹介された。そのあと食事が運ばれた。

明子の方は、髪をアップスタイルにして京友禅の訪問着。相手方の信州銀行頭取の息子は髪を七三に分け、英国製のスーツを着ていた。見合いは形通り行われた。一般でいう質疑応答である。世話人からのものもあれば、頭取の息子からのものもあった。

そのあと、諏訪湖の見える広い庭を二人は散歩した。理解と信頼を深めるためで、これも取り持ち人の勧めによる見合いのワンシーンである。世話人は二人から少し離れて歩いた。庭のつつじが咲くには、まだ少し間がある季節であった。

頭取の息子・田安康則は、太鼓橋の上で止まった。続いて明子も止まった。

「この料亭、明子さんどう思われます」

振り向きざま康則は言った。太鼓橋のほぼ中央である。明子は少しとまどった顔をして康則を見た。

「僕はアメリカの生活が長かったせいか、こういう建築様式は好きじゃないし、だいいち、池にこんなふうに鯉を泳がすなら、僕ならプールにして人を泳がせますね」

康則はエサを投げる真似をした。

明子はそれには答えなかった。明子はまだ結婚する気持ちにはなれない。だが、弟のたっての頼みで、このお見合いをしている。相手には失礼だが、最初から断ろうと思っている。だいたい「デートをしてくれれば融資する」という銀行家の言葉があったればこそ、この料亭に来たわけで、いつの間にか、弟と銀行の頭取の立場上、本格的なお見合いになっている。それに、この青年は言葉のはしばしまで合理主義がしみついている。それは先ほど、この青年の受け答えで分かった。

「ね、明子さん、今度諏訪野山のレストランに行きませんか？　あそこのフランス料理はピカイチですよ。こんな生臭い料理なんかより、ずっと上等ですから」

康則はお見合いのマニュアルを知っているかのように明子を誘った。

明子はそれにも答えず、太鼓橋の端で待っている世話人の方を振り返った。明子の世話人はそれに気づいて、橋を渡ってきた。明子は少し気分がすぐれないからと、小声で世話人に言うと、その場をあとにした。


この日を境に、田安康則はひんぱんに明子の役員室へ電話をかけてきた。電話番号は世話人である叔母に聞いたのだろう。明子は何かと理由をつけて断り続けた。だが、将を射んとする者は、まず馬を射よ、と弟のひろしを仲介してデートを申し込んできたのだ。ひろしは、今回はいい返事をしなかった。

久子の話によると、信州銀行の融資はあるにはあったが、雀の涙ほどであったという。

ひろしには大きな夢があった。信州一円にレジャーランドやスキー場の施設を造ることだった。これからは多角経営だと夢を語る時、ひろしの目はキラキラと輝いてきれいだった。明子はできれば、ひろしの夢を叶えさせてやりたいと思った。だが、資金が厳しい……。その手始めのスキー場の造成は、もう始まっている。

「それならば、もう少し融資してくれるよう私が田安さんに頼んでみる」

明子は久子に言った。

「大丈夫？　もううちには担保が……」

久子は困惑顔だ。

「大丈夫よ、まだうちには担保があるわ」

土曜日、田安康則から電話があった。明日の日曜日に、面白い場所があるのでドライブがてら行ってみませんか、という誘いだった。明子は、ひろしへの融資を考えてくださるなら応じてもいいと答えた。

このデートの話は久子から、すぐにひろしの耳に入った。ひろしはこのデートには反対した。リゾート開発に資金は欠かせない。この前の田安の融資では、全開発資金の一パーセントにも満たない。

ひろしや久子が止めるのも聞かず、明子は指定された場所へ行った。諏訪野駅から少し外れた商業ビルが立ち並ぶ一角である。この辺りは夕暮れ時になると、恋人同士が落ち合う場所であった。だが今は、午前八時三〇分、明子は父の代からの運転手、藤井平吉が運転する国産の黒のセダンに乗っていた。

「お嬢さん、デート終わったら、すぐ呼んでくださいよ。わたしゃ、坊ちゃんや久子重役にきつく言われているんですから。それにしても、どこでデートするんでしょうかね。ここいらは、いっぱいありすぎて……」

平吉は車の窓を開けてビルを見上げた。この中には喫茶店や飲食店がテナントとして入っている。明子は（デートではなく、商談よ）と心の中で思った。

プア〜ン、クラクションが鳴った。先ほど止まっていた真っ赤なオープンカーが合図を送ったのだ。

（えっ、私の車は路肩に駐車しているはず）

明子はリアウィンドウの方を振り向いた。見るとオープンカーに乗っている青年が笑っている。今流行り（はや）のリーゼントに、縞のTシャツ、革ジャン姿だ。その青年が笑いながら黒いサングラスを外した。

「あっ」と明子は小さく声を上げた。そこには銀行家らしからぬ田安康則がいたのだ。

明子は車を降りた。田安もオープンカーを降りた。

「いやぁ、いつ気づいてくれるかと思っていたんですがね」

田安は明子に話しかけてきた。変装というか変身というか、自分の姿に満足しているかのようだった。明子は丁寧にお辞儀をした。どんな姿や格好でも明子の挨拶は変わらない。

「またぁ、その堅苦しい挨拶、遊びの時は止めにしませんか」

田安は困り顔を明子に向けた。

「でも、ご融資の件が」

「それは遊びが終わってからにしましょう。この格好でいきなり仕事の話では、楽しい気分も吹き飛んでしまいますよ……ね、僕のオープンカーに乗りませんか」

田安は素早く車に戻ると、助手席のドアを開けた。仕事と違って田安は軽いノリだ。

「行き先だけ教えてください」

「原野市ですよ」

ぶっきらぼうに田安は言った。

明子は歩道に突っ立っている平吉に行き先を告げると、ハンドバッグを持ってオープンカーに乗った。

田安の車は国道を東京方面へ向かった。そのあとを藤井平吉の車が追ってくる。

「明子さん、運転手さん、いつもあんなふうなんですか」

田安はバックミラーを見ながら言った。田安のその言葉には余裕さえ感じられた。

「ええ、小さい頃から」

明子も後ろを振り向きもせず言った。


二〇分後、オープンカーは原野市に着いた。駅前から左に折れ、橋を右へ折れて堀川沿いに進んだ。そしてだだっ広い駐車場の中へ入っていった。その後ろに「小松ダンスホール」と書かれた二階建ての建物があった。

二人が車を降り、ステンドグラスのドアを開けて中に入ると、スピーカーから今流行りのアメリカのポップスが流れていた。ホールは五〇畳ほどである。縦縞のスーツに白と黒のツートンの靴をはいた若者、そしてピンクのワンピースに、同じ色のリボンで髪をしばったポニーテールの女の子がホールの真ん中で曲に合わせて踊っていた。まだ時間が早いのか、客はまばらで四人ほどだった。そのピンクのワンピースの女の子が、対で踊っていた男の合図でこちらを見た。そしてこっちへ歩いてきた。丸顔で切れ長の目をしていた。年の頃はいくつだろうか、多少背伸びをしている感じがした。

「康さん、その人は？」

女の子は無遠慮に田安に話しかけてきた。心なしかふくれ顔だ。

「ああ、こちらは知り合いのお嬢さんだ。大事な人だから、さあ、あっちへ行った行った」

田安は女の子を追い払うように言った。田安は若いといっても、分別がつく年代である。こんな所に出入りしていること自体不自然だった。

「誰かさんに言いつけようかなぁ」

女の子は田安の顔をのぞき込んで言った。その目は小悪魔的だった。

「はっはっは、冗談だろ」と田安は笑い飛ばした。

「明子さん、二階に行って何か飲みましょう。大会が始まる前に」

明子は田安に促されて二階の喫茶店に行った。ボックスが四つとカウンターに一〇人ほど座れる店だった。もう一つ店があったようだが不明だった。

「田安さん、このダンスホールよくいらっしゃるの？」

明子は率直に聞いた。合理主義で理知的な感じがする田安のイメージが吹き飛んだのだ。

「あっ？　その目、疑問持ってますね」

田安はおどけて言った。人格まで変わったような言い方だった。

ころころ変わる田安の言葉使いに、明子はついていけない感じがした。それに気づいたのか、田安は言った。

「明子さんが僕の態度、不思議がるの分かるような気がしますよ」

今度は真面目な顔だ。

「僕はね、明子さん、毎日毎日机で数字とにらめっこですよ。一円でも違えば、部下を叱り飛ばす、そんな仕事をしているんですよ。だから、ストレスを発散できる場所を探していたわけです。老人の多いゴルフはしたくないし、かといってテニスも、今一つ気分が乗らないし。そんな時、見つけたのが、昔多少踊っていたダンスなんですよ」

田安は本音をしゃべったことを苦々しく思い、コップの水を飲んだ。

しばらくして田安はコーヒー、明子はオレンジジュースを飲んだあと、下の階へ下りていった。一〇時少し前、ホールはさまざまな衣裳を着けた男女でいっぱいだった。ダンス大会は個人とペアとで行われ、二時間ほどで終わった。

明子は社交上、社交ダンスは多少心得ているが、男女のアクロバットふうの踊りや個人の振り付けには、とまどうことが多かった。田安は個人二位だった。

「ははは、これ」

田安は小さなトロフィーを明子に見せた。明子はそれを見て、手をたたいて喜んだ。

聞けば賞を取ったのは初めてだという。その二人の姿を見て、またあのピンクのワンピースの女の子が来た。

「へぇーすごいじゃん。年寄りにしては頑張ったね。ね、ね、今度は祥子とペアを組んで踊って？　私、頑張るからさ」

女の子は甘えたように田安の両腕を取ると、左右に振った。明子を完全に無視しているようだ。

「分かった分かった、考えておくからね。さ、離して」

田安はその手を振りほどいた。

「さあ、明子さん、ここを出ましょう」

田安はそそくさと明子を屋外へ促した。二人はステンドグラスのドアを開け、外へ出た。そのドアがまた開き、田安の背に祥子の声が刺さった。

「成美姉さん、明日帰ってくるってよ、今日のこと言うからね」

その声は怒気を含んでいた。田安は祥子の声を無視して、明子を車に乗せた。

藤井平吉は車の中で、うとうととしては二人がダンスホールから出てくるのを待っていた。時間が長いのと陽気のせいだった。ここで終わりだろうから、あとは明子を乗せて帰る算段だった。

しかし、赤いオープンカーは入り口ではなく、急発進して裏から出ていったのだ。平吉は慌ててエンジンをかけた。平吉が裏へ車を飛ばすと、すでに赤いオープンカーの姿はなかった。右の堀川沿いに出る道か、左の道か、それとも小高い森の中の道か、一瞬平吉は迷った。しかし平吉はそれほど間がないことから、右の堀川沿いの道を追いかけることにした。

その頃、オープンカーは森の中の道を左へ曲がり、北へ進んでいた。ところどころに水たまりがある悪路である。水たまりを通るたびに車体が左右に揺れた。

「田安さん、これって、うちの車をまくためのものなんですか?」

我慢しきれず明子は言った。

「いや違いますよ、この道をまっすぐ行けば、うちのホテルに近いんですよ」

田安はハンドルをしっかり持って言った。森の中の道を過ぎると国道に出た。

「ほらね、先ほどの左の道だったら、だいぶ大回りになるんですよ」

田安は言った。

「あのう、ホテルって？」

車は国道を過ぎて斜めの道へ入っていく。

「田安さん、ホテルって？」

明子は、今度は声を荒らげた。

「あぁ、実質、僕がやっているホテルのことですよ。支配人は友人がやっています。そこに特別室があるから、そこで話し合いましょう」

車はデコボコ道を、砂けむりを上げてどんどん進んでいく。左右はりんご畑だ。田安がスピードをゆるめる。ノロノロ運転だ。

「明子さん、これからはもう鉄道やバスの時代じゃありませんよ。車、車の時代ですよ。僕はアメリカで、車の中で食事や映画を見ることを体験してきたから、その何と言うか、日本もそのうち、そうなるなと思っているんですよ。早い話がドライブ族も増えてきています。信州は風光明媚ですからね。それでサイドビジネスに考えたのが、カーホテルなんですよ。これだと、いちいち他の客やフロントを気づかう必要もなく、だいいち、料金が格安ですからね」

田安は得意げに言って、スピードを上げた。

「止めてください」

「えっ」

「止めてください」

明子は語気を強めて言った。

「でも、融資の話があるんでしょう」

田安はハンドルを握ったまま明子をチラッと見た。

「それはまた、後日ということで」

明子の声は怒っていた。

「いやあ、困りましたね。えっと、あっ、見えてきた。あれですよ、あれ」

田安が指さした山の方角に、トンガリ帽子のような屋根のホテルが見えた。

「もういいですから、止めてください」

明子は絶叫と共にサイドブレーキを強く引いた。

「あぁ、何を」

田安の大声が飛んだ。

車はスピンして、広い段々畑になっている左のりんご畑へ滑り落ちていった。ザッザッザッ。車のフロントガラスに三つ目の音を立てて車は止まった。フロントガラスにりんごの小枝が当たった音なのだ。車が止まったあと、田安はハンドルに両腕を乗せている。やがて田安のしぼり上げるような声がした。

「なんで、なんでこうなるんだ」

田安はハンドルをたたいた。

明子は助手席のドアにもたれ、倒れている。血は少し出ていて、顔は苦痛でゆがんでいる。田安は明子の肩をゆすって起こそうとした。

「本当に美しい」

田安の荒い息が一、二度明子の唇にかかった。その気配を明子は感じた。

「何をするの」

明子は突然のことで頭がパニックになり、田安の体を思いっきり突き飛ばした。明子の右手に激痛が走った。

（痛い）

明子は右手をかばって助手席にうずくまった。この時、突き飛ばされた田安が好色な顔をしていることに明子は気づかなかった。

「明子さん、僕は、僕は……」

その傷ついた明子に田安の手が伸び、体を抱きすくめた。そして下着に手がかかった。

「きゃあ」

明子はあらん限りの声を上げた。そしてその手を振りほどき、ドアの外へ転げ落ちた。明子の体は泥だらけになった。みじめだった。

融資を頼みにきて、こんな目に遭おうとは……。明子はよろけながら道路を探した。天を、いや人を侮ってはいけない。どんなに人里離れた所でも、畑や杉林があるなら、必ず監視している村人がいるものだ。明子の叫び声がなくても、畑を荒らされれば、きっと村人は来ていただろう。

「あれま、こんな所に車突っ込んで」

異様な物音を聞いたからだろう、もんぺの端をずり上げながら農家の主婦はやってきた。左手に鍬を持っている。

「あっ、おばさん。よかった」

明子は右手を押さえながら主婦の元へ駆け寄った。

「あんた、ケガをしたのかい、大丈夫かい」

主婦は明子の全身を見て回った。明子の異常に気づいているかのようであった。

「おばさん、すみません、近くにお電話ありませんか?」

明子は悲しみをこらえて言った。男の愛は性急すぎるのだ。

「ああ、ここから少し下った駐在所の横に公衆電話があるけど、あんた本当に大丈夫かい」

「ええ」

主婦はまたも明子を見た。

明子は曖昧に答えて道路のある斜面へ向かった。駐在と聞いて驚いたのか、田安は明子の背に叫んだ。

「明子さん、僕は何もしていませんよね」

その時、キキキキキーとけたたましいブレーキの音がして白いセダンの乗用車が止まった。バンと、その車のドアが勢いよく開けられた。

「明子さぁーん」

女の絶叫が聞こえた。久子の声だった。心配して追跡してくれていたのだ。

明子はその声を聞くと、泣き笑いになり、その場にへたり込んだ。


大森邸は諏訪市の郊外、一般住宅地より少し高台にあった。

大森邸の前を通り過ぎても、道路から建物は見えない。よく事情を知らない者が大森邸の道を登っていくのだが、途中に門があり、私道だと気づいて引き返していくのである。その大森邸の敷地内には、明子やひろし、そして父方の叔母夫婦、それに藤井平吉の家があった。中島久子の家は、ここから少し下った所にあり、藤井平吉の親類の女性、安井が役員専用車で送り迎えしていた。

中島久子が自ら運転する白いセダンの乗用車が、大森邸の広い屋根付きの玄関口に着いた。続いて藤井平吉の車も着いた。久子の車と途中で落ち合ったのだ。着くなり、メイドがひろしを呼びにいった。ひろしは慌ててシャンデリアがある大広間から出てきた。

明子は途中で久子が買い求めた既製服を着ていた。明子の血のついた服は、久子が自分の部屋へ持っていった。久子の部屋は、特別にこの大森邸にあるのだ。

明子が大広間に行くと、叔母夫婦と従妹の道子が来ていた。皆心配して来てくれていたのだ。道子の夫・常務の山崎静夫は、今日は接待ゴルフでいない。明子は皆にお礼を言ったあと、二階の広間に行った。

これは、ひろしの指図によるものだ。二階の広間は座卓のある和室である。

「姉さん、この通りだ」

ひろしは入ってくるなり、バッタみたいに謝った。

横には久子もいた。帰り道で病院に寄って、明子のケガは右手小指にひびが入っており、全治四週間だった。ひろしはすぐには頭を上げない。

「ひろしちゃん、もういいわ、頭を上げて。久子さんから聞いたのね」

明子は優しく言った。

「あぁ、しかし、これほどのヤツとは……僕のメガネ違いだった。もう少し何と言うか紳士だと思ったんだけどね」

「私はもう田安さんとは……」

「うん、分かっているよ。だけどね、姉さんもいけないよ、一人じゃ会わない方がいいって言ったのに、無理に行くから」

ひろしは明子をなじった。その声は嘆いていた。

「そうね、でも私は、会社のために良かれと思ったんだけどね」

明子は涙ぐんだ。

その時ドアをノックする音がして、外で「社長」というメイドの声が聞こえた。ひろしがドアを開けて用件を聞いた。そしてメイドに二言三言かけるとドアを閉めた。

「姉さん、信州銀行の田安誠之助からだよ、どうせ息子の謝罪の電話だよ。僕はいないって、ことにしておいたから」

ひろしは憮然として座布団に座った。

「でも、ひろしさん、相手は……田安誠之助を変に刺激しては……」

横から久子が口を挟んだ。

「いいんですよ。僕としては、まだ怒りがおさまりませんからね」

ひろしは腕組みを始めた。

「明子さん、私、これから平吉さんと一緒に、事故の時のおばさんに会ってくるわ。家は聞いているから。明子さんに非があるなんてことにされたら、たまらないから」

久子はもう腰を上げている。つられてひろしも腰を上げた。

「しかし、あまり大げさになるとスキャンダルになって……姉さんのことも考えないと」

ひろしの心は揺れていた。

「ひろしちゃん、私のことならいいのよ。久子さんの言う通りにして」

明子は決断の目を見せて言った。

久子と平吉は、夜遅くに大森邸に戻ってきた。久子の話では案の定、田安はカーホテルの従業員を使って康則の車を移動させ、事故のもみ消しを図っている。

だが、畑を荒らされたおばさん・長田タエは、田安の「ご内密に」という金を突き返していた。明子の心情を考え、田安の横柄な態度が癇にさわったからだとタエは言う。この話をしたあと、久子は目頭を押さえた。

翌朝、明子、ひろし、久子の三人は、長田家へお礼に行った。車にはお礼の品が積まれてあった。

事故があってから三日目の朝、明子と久子は、社長室に来ていた。長田家の補償をどうするかという話し合いからだった。むろん明子に非はない。しかし田安の金を長田家が突き返した以上、明子の方で補償してもよい、という気持ちになっていた。そこへ久子の役員室事務員が久子を呼びにきた。新藤という人から電話がかかってきているとと言うのだ。久子はすぐに行って、すぐに戻ってきた。

「ひろしさん、信州銀行の頭取は、地元の週刊誌の口封じを始めたわ。札束がばらまかれているって」

久子はひきつった顔をひろしに向けた。

「うーん、長田さんは証言を翻す人じゃなさそうだから安心だけど……まっ、スキャンダルを恐れているのは銀行だね、やっぱり」

ひろしは不敵な笑いを見せた。

「うちにも頭取来るわね、融資の件で」

久子も笑って言った。

「止めてちょうだい、二人とも」

明子が二人を制した。

「ひろしちゃん、あの農家のおばさんのこと思い出して……不正はいけないわ。何かあったら弁護士さんに頼めばいいことよ。ね、そうしましょ。それにひろしちゃん、もうこういう融資の受け方は止めましょう。融資に見合うだけの担保を提供して、融資をしていただく。それが会社の健全な姿よ」

「明子さん、担保といっても」

久子はとまどっている。

「そうだよ、もう担保なんて、ないんじゃないかな。立柴の建物だって、この前担保に入っちゃったし」

ひろしは言った。

「あるわ、お父様の洋館よ」

「えー……でもあれは、おば様が絶対売らないっておっしゃってたわ」

久子が言った。

「そうね、売らないわ。お父様が外遊して、世界各国で集めた品が置かれているんですもの。でもね、ひろしのためだったら、お父様もきっと許してくれると思うわ。お母様には私が悪者になればいいわ」

「でも、姉さん、あれはガラクタみたいな物で、価値なんかないよ。洋館も古いし」

ひろしは言った。

「いいえ、私、調べたのよ。自動車、汽車、船の模型、クラシックカー。古い物でも愛好家がいればプレミアがつくのよ。でも、売りはしない。洋館を手直しし、記念館にしてから一般の人に開放して、入場料をいただくのよ。そうしたら資産価値は上がるわ」

明子はハンドバッグから手帳を開いて見せた。

「ふーん、記念館ね」

ひろしはまんざらでもなさそうな顔をした。

「あの洋館は諏訪野駅からも近い。宣伝次第では集客が見込める」

ひろしは笑った。

「それにね、まだ会社の彼岸花があるのよ」

明子は言った。彼岸花は食料が底をついた時、あく抜きをした球根を食用にできる。最後の食べ物である。

「えっ」

ひろしと久子は、意味が分からず顔を見合わせた。

水上真一郎は、この四月より人事異動して三愛県の下水道、及び三本の川の浄化推進プロジェクトの課長に抜擢された。経理課に籍を置く身としては異例のことだった。同期にはすでに部長や次長に昇進している者がいるので、出世は早い方ではなかった。

その昇進祝いは、中京市の小料理屋でささやかに行われた。黒川、橋本、川田、吉田純一も来てくれた。吉田は同期ではないが、同じ県庁に勤める身だ。このあと二次会があり、互いの健闘を誓い合って散会となった。真一郎にとって飛躍の節目となったのである。

その昇進祝いから五カ月、真一郎が提案したいくつかの浄化プロジェクトは、徐々に成果を上げげつつあった。工場から排出する廃液には、沈殿槽を設けて廃液の濃度を薄めて下水道に流すように指導し、家庭の排水で汚れた河川には、葦や用水を使って浄化させることにしたのだ。また河川に投げ込まれたゴミの撤去なども住民説明会を開き、これを住民に推進させ、町の美化にも協力してもらった。

そんな順風満帆な矢先、このプロジェクトチームに暗雲が立ち始めたのだ。それは浄化槽の建設などをめぐって業者と、その選定をする真一郎との間に贈収賄が行われていたというのだ。当初、県警捜査課は匿名で文書を送り付けられたことにガセネタと、たかをくくっていた。

しかし中京市の料亭で、業者とプロジェクトの一員である者が密会した写真が、二度目に送り付けられてから、料亭での現金の授受があったかもしれないと、にわかに本気になって、県警は捜査を開始することになったのだ。

むろん真一郎にやましいことはない。料亭で業者と密会した者のあとに、真一郎も任意同行を求められたが、真一郎はこれを拒否した。その日の夕方、真一郎の母親に案内されて義父・鳥居義夫と、もう一人、年の頃は真一郎より少し年上らしき男が訪ねてきた。

応接間に入るなり義父は、「今日は大変だったね」と開口一番話し始めた。仲人してくれた上司だった小山が、心配して義父に電話をしたのだ。

「真一郎君、こうしている間にも警察ではどんどん捜査が進んでいると思うので、早速言うが、君は、これを良子に送ったかね」

義父は真一郎の前に、ビニール袋に包んだ通帳を見せた。中京市にある中日本銀行東栄支店のものだった。

「いえ、私はそんなことはしていません」

真一郎は通帳を確かめてみた。

「そうだろうね、君は一カ月に一度、良子に生活費を置いて帰る。君が通帳を送り付けることは考えられないものな。ここに五万円入っている」

義父は苦りきった表情で真一郎に確かめた。

「五万円、大金ですね」

真一郎は言った。

「真一郎君、小山さんからの電話では、もう一人任意同行を求められたっていうが、本当に受け取っていないね。念を押すが」

義父は真一郎を見つめた。

「私は、やましいことはしていません」

真一郎は毅然と答えた。

「うーん、それならいいが……そうなると、これは罠だな。そうですね、先生」

もう一人、白髪頭で少し小太りの男に義父は顔を向けた。

「いやあ、あなたに先生と言われると、面映ゆいですな」

男は笑った。笑うと目が糸のようになった。

「いやいや、私はもう法務省を退官していますから、あなたは先生ですよ」

義父も笑った。

「真一郎君、この人は桜井弁護士だ。私が在任中は、よくやり込められたお人だ」

義父は言った。

「そんな、やり込めただなんて」

桜井という男はかぶりを振った。

「真一郎君、これは君の名をかたって賄賂の金を良子に渡した。そう考えられるんだよ。君は入金があった日、何をしてたのかね。これは大事なことだから聞くが」

義父の目は真剣だった。

聞けば、入金のあった日は、八月第三月曜日だったらしい。

「少し待ってください」

すぐさま真一郎は自分の部屋へ行き、背広のポケットから手帳を取り出し、持ってきた。

「ありました。その日は、夏風邪をひいて休んでいます」

真一郎は言った。義父と桜井は顔を見合わせた。

「まずいなぁ」

桜井が呻いた。

「なぜですか。その通帳があれば、指紋が付いているんでしょう」

真一郎は言った。

「指紋がなかったら?」

義父の目が据わった。真一郎は目をむいた。

(罠をしかけたヤツだ、それくらいはするかもしれない)

真一郎は苦りきって顔をしかめた。

「真一郎君、これを警察がかぎつけたら事だ。この通帳へ入金したヤツを、この桜井さんと調べ上げるんだ。警察が君を逮捕してからでは遅い」

義父は言った。

「しかし、今休んだら、それこそ疑われますよ」

真一郎は疑問を呈した。

「そんな悠長なことを言っていたらだめだ、明日からでもやりなさい」

義父は語気を強めた。

このあと真一郎は、桜井に指示された通り、選定業者の写し、プロジェクトチームの人名、そして驚いたことに交友関係の写真まで出した。聞けば「警察と一緒だ」とだけ桜井は言った。


翌日の朝、真一郎と桜井は、中部バス東栄停留所前にある中日本銀行東栄支店（中京市）に来ていた。支店長に名刺を渡し、私文書偽造事件を調べているので、この通帳を担当した者に会いたい旨を伝えた。銀行員田中春子は緊張した面持ちで支店長室へやってきた。メガネをかけ、髪を後ろで束ねた、こざっぱりした女だった。支店長は私文書偽造事件だから、協力するよう田中に言った。

桜井はまず真一郎を紹介し、知っているかどうかを尋ねた。女は首を横に振った。続いて、この通帳を担当したのはあなたですねと尋ねたあと、入金をした相手の容貌を聞いた。田中は覚えていないと答えた。毎日銀行は大勢の客が訪れる。いちいち覚えていないのだろう。次に桜井は真一郎が提供した写真を見せた。結果は同じだった。

その大ざっぱな見方に桜井の大きな声が飛んだ。

「よく見てください。女の人に、いや夫が妻の名義で入金しているんですよ、五万円ですよ。覚えていませんか」

桜井は次々と田中に写真をかざした。田中は困ったような顔を支店長に向けた。

「まあまあ弁護士さん、そのうち思い出すということもありますので」

と支店長は桜井のなだめに入った。

そして目で合図を送ると、田中を退席させた。田中が部屋から出ていったあと、桜井は憮然とした表情で腕組みを始めた。足は、コトコトと貧乏ゆすりだ。真一郎は案外短気な人だと思って、桜井の横顔を見た。

「支店長」

ノックもせずにドアの外から野太い声がした。ドアの内側からでは、その姿は見えない。

「ああ、細井さん、どうぞ入ってください」

支店長は言った。

自分たちがいるのに、人を招き入れるとは失礼なヤツだ。そう思ったのか、桜井は支店長を睨みつけた。

「いやぁ、これは失礼しました。いつもの報告があるものですから」

支店長は桜井にそう言うと、入ってきた男を別のソファへ座らせ、自分も座った。短髪で青い帽子を小脇に抱えていた。どうやら夜勤の守衛らしかった。銀行は開店して間もないのだ。

「そうだ」

桜井は立ち上がった。そして二人のソファの前まで行った。

「守衛さんとお見受けします。誠に失礼ながら、ちょっとこの中の写真を見ていただきたい。誰か知っている人、いませんか」

桜井は真一郎が提供した写真をテーブルの上に置いた。

「えーと」

守衛はメガネを取り出し、写真を指でなぞり始めた。そして指が止まった。

「あっ、この男、銀行の表からじっと中を見ていた不審なヤツ、二度ほど見たからよく覚えていますよ」

五十半ばの守衛は答えた。

「それは、いつ頃ですか」

桜井は間髪入れずに聞いた。

「それは私の机の中にありますから」

支店長は言った。その支店長をせかして日付を聞き、桜井はすぐに真一郎の元へ来た。

「水上さん、分かりましたよ、この男ですよ」

桜井は喜色満面、その写真の顔を指さした。

「ああー」

真一郎のしぼり上げるような涙声が支店長室に響いた。

本丸公園は、県庁から二百メートルほど離れた所にあった。石のベンチと木のベンチ以外、何もない。ただ平らな公園だった。

その公園で、真一郎はある男を待っていた。中日本銀行東栄支店へ行った一週間後だった。やがてその男はやってきた。右手に紙袋を持っている。

「水上、遅くなってごめん、昼食まだだろ。ほれ、あんぱんだよ、食えよ。俺のおごりだよ。あっ、あんぱんで、おごりはないか」

その男はあんぱんを真一郎に差し出した。真一郎はそれを受け取って木のベンチの横に置いた。

「なあ、水上、この公園どう思う。ただ、だだっ広いだけ。何か俺、学校のグラウンドを思い出すよ」

その男はベンチに座り、あんぱんをほおばった。

「吉田、どうしてあんな真似をした」

真一郎はぽつりと言った。

「えっ、何だっけ」

「どうして俺の女房の名義で預金通帳を作ったかと、聞いているんだ」

真一郎は言った。吉田と言われた男の口から、あんぱんが転げ落ちた。

「何言ってんだよ。何、分からないこと言ってんだよ」

吉田はベンチから立ち上がった。

「守衛さんは、お前の顔をよっく覚えてたぞ。八月第三月曜日、お前は、お前の女房の実家の従業員の男を使って、俺の女房の預金通帳を作ったんだ。賄賂の金が入ったように見せかけてな。調べはついているんだ」

真一郎は声を荒らげた。

「俺とお前は、友だちじゃなかったのか」

真一郎の声は震えていた。

「友だち？　俺とお前が友だち、笑わせるな」

吉田は紙袋を投げ捨てた。

「いいか、友だちというのはな、対等のヤツが言うもんだ。それをお前はなんだ、何々してやったからな、何々してやったからなと、恩着せがましいんだよ」

吉田は叫んだ。

「それは、お前が頼みに来るからじゃないか」

「ああ、そうだよ。それはお前が、役職が上だからだよ。なんで俺のあとを追って県庁へ来た？　俺は学校を中退して、臨時から県庁に入って職員になった。そのあと遅れて入ってきたお前が、どうして俺の上を行くんだ」

「俺だって出世は早くない」

「ああ、そうだな。だが、確実に上に行っている。俺を見てみろ。今でも庶務の主任だぞ」

「それについては、俺は何を言っていいか分からない」

「ふーん、それが答えか。それは、お前に能力がないからだと言ってみろ。腹の中でそう思っているんだろ」

「そんなこと思っていない」

真一郎は叫んだ。頭を抱えこんで吉田はしゃがみこんだ。

「どうして、こうなるんだろうな。お前には役人の娘が嫁にきて、俺には県庁に文句ばっかり言ってくる水道屋の親父のバカ娘が嫁だ。俺は仕事では誰にも負けないと思っていたが……俺には何が足りないって言うんだ」

吉田の声は涙声だ。

「吉田、お前、なんてこと言うんだ。奥さん、いい奥さんじゃないか。それに娘さんもいる。俺の家庭に比べたら、ずっと幸せじゃないか」

「ふん、娘か、近頃生意気になって。水上のおじさん課長になっても、お父さんはいつまで経っても主任ね、だってよ。くそー、誰のおかげで大きくなったと思っているんだ」

吉田は地面に小石を投げつけた。

「吉田、悪いことは言わん、自首しろ。今なら罪が軽くなる。なっ、そうしろ。俺がついていってやる。な、そうしろ」

その時、公園中央口からしっかりした足取りの桜井と、一目見て刑事と分かる二人の男が近づいてきた。

「お前が呼んだのか」

吉田は悲しみの顔を真一郎に向けた。

「違う！」

真一郎の声は公園中に響いた。

三

桜の種類を自分は、どれくらい知っただろうか。そして、その地を訪ねただろうか。ソメイヨシノ、これは一般的ヤマザクラ、サトザクラ、ヒガンザクラ、季節外れに咲くシキザクラ、これは確か、小原という村だったが……そして今回は黄桜である。

真一郎は電車の窓から外の風景を見た。国鉄大垣駅から私鉄に乗り換え、今、真一郎が乗っている電車は、近南電鉄養老線の電車である。大垣駅から大きく右へカーブした線路を通り、電車は美濃高末駅へ着いた。この駅で降りて、先ほど見た揖斐川支流の土手桜をカメラにおさめるためだ。途中下車である。いつもの通り、すぐに改札口を出ない。辺りの景色を十分見たうえで、タバコを一服するのである。

　真一郎が乗ってきた電車は、ここで対向電車を待つ。やがてその電車がホームへ入ってきた。それから真一郎が乗ってきた電車はゆっくり動き出した。対向電車では、乗客がそれぞれ思い思いの行動をしていた。電車に乗る客が意外に多かったために、降りる客を待たずに焦って乗っているのだ。その混雑のさなか、男の怒声が聞こえた。電車もまた、焦るかのように、その声を無視して大垣方面へ出発していった。その電車がホームを出ていったあと、また男の怒声が聞こえた。

「お前、俺にぶつかっただろう」

　今度は真一郎の耳にも、はっきり聞こえた。男女二人がホームの右端に突っ立っていた。降りた客は、二人をちらりと見たけれども、すぐに改札口へ向かった。やがて血相を変えて若い駅員がホームに駆けてきた。手には、ほうきとちり取りを持っている。

（何か、落としたんだろうか）

真一郎はベンチから立ち上がると、ホームの前の方へ行った。

「ああー」

また吸っていたタバコがチョッキに落ち、真一郎は慌ててそれを払い消した。

正夫の母親だ、いや違う。チューリップ帽子の下にある顔は、正夫の母親に似た、あの岡崎で会った女だ。ブラウスにスラックスをはいて、ショルダーバッグを肩にかけていた。真一郎は、駅員よろしく小走りに向かいのホームへ行った。

「どうかしたんですか」

正夫の母親似の女、五十過ぎと思われる男、そして駅員が真一郎を見た。真一郎はリュックサックを背負い、登山服姿だ。

「なんだ、お前は」

短軀のごま塩頭の男は、目をむいて真一郎に突っかかってきた。しゃべったあと、プーンと酒の匂いがした。

(酔っ払いか、酔っ払いが若い娘にからんでいるのか)

真一郎はごま塩頭の男の顔をじっと見た。目が据わっている。しかも青い背広を着た足元がふらついていた。俗に言う大トラの状態である。

「私はこの人の知り合いなんですよ。岡崎の知り合いなんですよ」

真一郎は、小首を傾げている正夫の母親似の女を見て言った。女の表情が変わり、目が大きく見開いた。どうやら思い出してくれたようだ。

「駅員さん、お話を」

真一郎は駅員に言った。

「え、ええ、この男の人の腕に、この女の人の腕が当たったそうで、それで、これ、割れちゃったんですよ」

駅員は、ちり取りの中のガラスびんを見せた。二合とっくりのびんである。

「そうなんですか」

真一郎は、今度は正夫の母親似の女に言った。

「いいえ、私は当たっておりません。何度言われても、違うものは違います」

似た女は毅然として言った。

その声を聞くや否や、ごま塩頭の男は、「馬鹿野郎、お前がぶつかってきたんだよ。

俺が電車に乗ろうとしたら」と、すぐに自分の腕をたたいて反論した。

酒を持って電車に乗り込むこと自体非常識だが、酔っ払いにこの論理は通じない。

「で？　おじさんどうしたいわけ、この人に謝ってほしいわけ」

「そうだよ。この女、謝らねえんだから、さっきから」

ごま塩頭の男はまくしたてた。

「あなた、どうします」

「私、謝りません。むしろ謝ってもらいたいですよ。通行の邪魔をしたんですから」

似た女は言った。

「うーん困りましたね。じゃあ、どうです。その酒代、私が弁償するってことで、一件落着ってことにしたら」

真一郎はごま塩頭の男と、似た女を交互に見て口にした。

「私、お金が惜しくて謝らないいんじゃありません」

女はいっそう語気を強めた。

「それは俺だって同じだ。酒欲しくて言ってんじゃねえぞ」

今度は、ごま塩頭の男が声を張り上げて言った。ホームにまた緊張が走った。

「じゃあ、あとは警察に頼むしかないですよ……そうなると面倒ですよ。調書を取られたあげく、証人探しですからね。どうです、ここは私の顔を立ててくれませんか」

真一郎はやんわり二人を諭した。二人は黙ったままになった。

「駅員さん、近くに酒屋ありますか」

真一郎は即座に判断した。ここで決断しないと、また双方とも当たった、当たってないと平行線になるからだ。

「駅前にありますよ。すぐに分かりますから」

駅員は笑って言った。一件落着になると思って安堵したのだ。

真一郎は駅前の酒屋に行くと、同じ酒を買い、すぐに戻ってきた。ごま塩頭の男はホームのベンチに座っていた。

「じゃあ、おじさん。これで機嫌直してね。もう、この人、解放してもらっていいかな」

真一郎は二合とっくりを渡した。酔いがさめたかどうか分からぬが、ごま塩頭の男は、無言のままうなずいた。

「さあ、送りますよ。乗り降りどっちでした？」

女は電車を降りたと言った。

「いったん駅を出ましょう」

真一郎は女を促すと、駅員と改札口へ向かった。改札口を出て、真一郎は駅舎を出ようとするのに、女は改札口で駅のホームを見つめたままだった。

「あのう」

真一郎は女に呼びかけた。だが、女の返事はなかった。真一郎は少しやるせない思いがした。決して勇者気取りでとった行動ではなかったのだ。誰しも顔見知りが困っていれば、手を差し伸べるだろう。そんな、ごく自然の行動だったのだ。

「どうも余計なことをしたみたいで……」

真一郎は駅のホームを見ている女の背に言った。

（しょうがない）

誰しも、心が交わらぬ時があるのだ。真一郎はきびすを返すと、大垣方面へ続く駅前の道路を歩き始めた。肩のリュックサックがやけに重たく感じられた。

「あんた、ひどいね。お礼も言わないなんて」

真一郎と女のあとから来た若い駅員は、女に真顔で言った。ガラスの破片を処理したあと、駅舎を掃除していたのだ。

「えっ？　あっ」

初めて聞くがごとく、女は後ろを振り向いた。

「すみません」

女は小走りに真一郎のあとを追った。駅からほど近い映画館の前で、女は真一郎に追いついた。

「すみません、考え事をしていたものですから……私、諏訪市の大森明子と申します。ありがとうございました」

明子は真一郎に頭を下げ、礼を述べた。

「あっ、これはどうも恐縮です。中京市の水上真一郎です。こちらこそ、出しゃばったことをしまして」

真一郎も頭を下げた。この光景を見ていた駅員は、うんうんとうなずくと、嬉しそうに駅舎の中へ入っていった。二人はその気配を感じて駅員の後ろ姿を見た。

「私、あの駅員さんに怒られたんですよ」

「あ、そうなんですか」

真一郎はちらりと、また駅舎を見た。

「ところで大森さん、これからどちらへ」

真一郎は尋ねた。諏訪からの一人旅では、親でなくても心配になるというものだ。

「お寺です」

明子は答えた。

そういえば真一郎がホームで辺りを見ていた時、駅から少し下った高台にそれらしい建物があった。

「あなたはどちらへ?」

今度は明子の方から聞いてきた。

リュックサックを背負っているので、山登りとは推測できるのだが……。

「あっ、山登りなんですがね、この養老山系の。その前に、この駅の前の土手桜がきれいだったもので、それで途中下車したんですよ」

真一郎は言った。

「そうですか、桜を……じゃ、私はここで失礼します。どうもありがとうございました」

そう言うと、明子は丁寧にお辞儀をして、寺のある方角へと去っていった。真一郎はその明子の後ろ姿を見て、すんなり寺に行かせたことをもう後悔していた。

土手桜は、駅前の道を北へまっすぐ行って橋を右へ曲がった所にあった。駅から三〇分くらいだったろうか、やはり電車の中からの距離の目安と、実際歩いた距離ではかなり違う。いつ頃植えられたのだろうか、桜は古木であった。人はあまりおらず、土手の道を自転車が数台通るくらいだった。

土手の下は、茅が茂っていた。曇り空に桜の花がやけにきわだって見える。西から一枚、東から一枚、土手の両端から一枚ずつカメラにおさめた。やがて、薄曇りの空の切れ間から西日が川面を照らした。

この揖斐川支流の川は、しばらく行くと揖斐川に合流、そして海へと流れていく。天から落ちた水は、やがて川となり海に流れて、その一生を終わるのである。その川に乗っかって笹竹が流れていた。それはあたかも生き物のように、あっちこっちの石に当たっていた。その笹竹を真一郎は我が事のように眺めていた。

真一郎が贈収賄をでっち上げられてから半年ほど経っていた。弁護士から身の潔白が証明されたにもかかわらず、真一郎はプロジェクトチームを外され、資料室への異動を命じられた。今はそこの室長である。

辞令が発令された夜、真一郎は身の潔白の文書と辞表を書いたが、すぐに破り捨てた。俗に言う、けつをまくるには、真一郎はつぶしがきかない年齢になっていた。ここで飼い殺しになって定年まで適当に過ごすか、それとも違う道に進むか、その選択の末のことであった。

心を切り替えられぬ者は、いつも悲劇が待つ。だが真一郎にはあった。東海三川の輪中で育った真一郎には、塩害で苦しむ農家のために、塩害に強い稲を作ること、これが生涯の夢であった。幸い資料室にはいろんな情報が入ってくる。研究するには、もってこいの場所だったのである。

プア～ンと、鉄橋の前で電車の警笛の音がした。子供たちがこの鉄橋で遊ぶのを止めさせるために鳴らしているのだろう。

（さっ、行くか）

真一郎は感慨を払うように土手桜をあとにした。真一郎が高末駅前の雑貨店まで戻った時、さっきの女・大森明子が映画館の前に立っていた。映画の看板を見ているのだ。

真一郎は「大森さん」と大声で明子に声をかけた。明子は驚いたように振り向いたが、やがて笑顔を真一郎に向けた。

「映画、お好きなんですか」

真一郎は近づいていった。

「ええ。でも珍しいわ、こんな小さな町に洋画の映画館があるなんて」

明子は言った。

「そうですね、今各映画会社は、時代劇流行ですからね」

真一郎は同調した。

「私これ、封切りした時、見たいと思ったんですけど、仕事が忙しくて見られなかったんですよ」

明子はまたも看板をのぞき込むと言葉を添えた。

真一郎の記憶によると、確か政略結婚で幸せは来るかというテーマの映画だったと思う。この映画を真一郎も見ていない。

「これからまた駅ですか」

真一郎は聞いた。映画を見るには少し時間が遅いからだ。

「ええ」

明子は名残惜しそうに映画館をあとにした。

真一郎と明子が高末駅に着くと、若い駅員は見えず、駅のホームにはあの酔っ払いもいなかった。

「では、これでお別れですね。またどこかでお会いできるといいですね」

真一郎は言った。明子はほほえみ、うなずいた。

「でも、三度目に偶然に会うと、二人は結ばれると言いますから、あなたにとっては、会えない方がいいかもしれませんね」

真一郎は笑った。

「ええっ?」

明子は驚いたように目を大きく開くと笑った。

真一郎は切符売り場に行った。

「養老駅まで一枚」

真一郎は年老いた駅員に言って百円札を出した。養老駅はこの駅から、ひと駅桑名方面へ下った駅である。

「私も養老駅まで一枚お願いします」

明子も百円札を出した。

「ええっ?」

今度は真一郎が小さく声を上げた。大垣へ行くとばかり思っていたからだ。

(しかし、まさか旅館まで一緒ってことはないだろう)

真一郎はリュックサックを待合室のベンチに降ろすと、後ろのポケットに手を入れた。

(確か養老考子館だったが……)

真一郎はパンフレットを取った。

「それ、養老考子館ですね。私も同じもの、持っています」

明子はおかしそうに笑った。

「まあ、何と言いますか、偶然が重なりますね」

真一郎は苦笑いした。


真一郎と明子は、このあと十分ほどあとに来た電車に乗り、ひと駅先の養老駅に着いた。二人はもみくちゃになりながらホームへ降りた。辺りはすでに薄暗くなっていた。明子が言うには、旅館は駅から七分ほどだという。明子は一度風邪気味の友だちを置いて、また高末駅まで来たと言った。明子はすでに旅館に来ていたのだ。

旅館は木造二階建てと鉄筋の三階建てがあり、養老の山並みが見える場所にあった。観光客が目指す養老の滝は、養老駅から直線でも二キロメートルほどの所で遊歩道を歩いて、突き当たりがその滝であった。

真一郎と明子は、旅館のフロントで別れた。真一郎が鉄筋の二階の部屋へ行き、風呂に入り、大広間で夕食をとる頃には大広間の窓に、にわかに雨が降ってきた。真一郎は妙に落ち着かなくなった。約束していた「幻の黄桜の案内人」が言うには、デリケートな場所なので、小雨でも要注意とのことだ。場所は養老渓谷の少し下がった南の渓谷にあると聞いていた。

(明日はだめになるかもしれんな)

真一郎は心の中でつぶやいた。案の定、夜の八時頃フロントから案内人・広崎光太郎からの伝言が届いた。

「明日は取りやめた方が無難です」という伝言であった。真一郎は承諾の電話をロビーの公衆電話からした。しかし一日時間が空くのは暇をもてあます。

（最後に見ようと思った養老の滝にでも行くか）

そんな思いを抱いてその日は暮れた。


翌朝七時頃、真一郎は大広間で朝食をとり、そのあとは旅館の部屋で過ごした。一〇時頃、タバコが切れたのでロビーの売店まで買いにいったところ、思いがけずに明子と会った。連れの女の姿はない。

「お連れの方は」

「まだ部屋で寝ています」

「うーん大丈夫なんですか」

「そうですね。昨日のお医者様の話では、二、三日安静にしておけばいいと言われましたけれど」

「そうですか」

「彼女、気丈夫なんです。昨日も自分のことより、私のことを心配してくれて」

「そうですか。いいお友だちですね」

「そうですね。今日も私、追い出されたんです。養老の滝でも見にいって、と言われて」

この大森明子が言う友だちは、岡崎で会ったもう一人の女だと思った。

「どうですか、今日養老の滝を見にいったら、帰りにあの高末駅の映画を見にいきませんか。私もあの映画、ずっと前から見たいと思っていたんですよ」

真一郎は言った。明子は少しとまどった表情を見せたが、うなずいた。

二人は小雨の養老の滝を見たあと、養老駅前で食事をし、電車で高末駅に着いた。昼の一時を過ぎていた。

映画はまだ上映していた。題名は『貴族の憂鬱』だった。英国の没落した貴族が、にわか成金の製糸業者と政略結婚するという物語であった。

洋画は二時間ほどで終わった。四時前であったろうか、二人は映画館を出て、向かいの喫茶店に入った。真一郎はミルクコーヒー、明子はオレンジジュースを頼んだ。

席はボックスが六つだった。

「水上さん、水上さんはあの主人公どう思われます。私あまり好きになれないわ」

明子はオレンジジュースを飲んだあと言った。貴族の恋人を捨てて、成金の製糸業者に走った貴族の女のことを言っているのだ。

「さあ、私は女の人のことはどうも……しかし男の方は、どうなんでしょうかね。女の人のために、何か自分でその金儲けとか、そんな気になれなかったんでしょうかね」

「でも、あの貴族の男の人は、気位が高くて」

明子はあくまでも女が悪い、そんな口ぶりだった。

「そう、それが男にとって一番やっかいかもしれませんね」

真一郎は言った。

「とにかく人間ってのは」

「えっ？」

「いや、何でもありません」

自分でも次の言葉は分かっているのだが、真一郎は言葉を濁した。人間のエゴのことを思い浮かべたのだ。

それから二人は高末駅へ行った。あの若い駅員はいた。昨日と同じような時刻に、また二人が現れたものだからびっくりしていた。真一郎は「また偶然お会いしましてね」とだけ言っておいた。駅のホームは、雨のためか薄暗い。ホームの屋根から、しきりに雨が垂れている。

「あ、あーっ！」

明子が突然悲鳴を上げ、真一郎の左腕にしがみついてきた。ベンチの下に蛇がいたのだ。蛇はアオダイショウで、鎌首をもたげていた。真一郎は明子に「大丈夫ですよ」と言うと、傘で二度蛇を追い立てた。蛇は後ろ向きになると、ベンチの下からホームの土手へ降りていった。

「あぁびっくりした」

明子は胸をなで下ろした。

「私、蛇大嫌いなんです。でも、なんでこんな所に」

「それはたぶん、この屋根のどこかに鳥の巣があるからでしょう。それをきっと狙っているんだと思いますよ」

真一郎は言った。屋根の天井は暗くてよく見えない。

「まあ、こわいわ」

明子は天井を見上げた。

「しかし蛇は嫌われものって言いますが、あながち悪者ってこともないんですけどね」

真一郎は言った。

「でもね、私小さい頃ホームで蛇を見かけて、それでころんでケガをした思い出があるんですよ。今も右膝に少し傷跡があって、目立たないんですけど……夢の中で時々出てくるんですよ。その蛇が……」

明子は両手で自分の体の震えを止めた。

「うーん蛇ですか。私は蛇とは違いますが、駅のホームで魚を見たっていう男の子に会いましてね。ま、駅のホームは何でもありですが、その時は正直言って驚きました。周りは川らしい川もなかったものですから」

真一郎は言った。

「そうですか、魚ですか」

明子はつぶやいた。

二人は高末駅から養老駅の旅館まで帰ってきた。真一郎は明子の友だちに挨拶しようと思ったが、病気でもあり、やめることにした。

社会には一定のルールがある。これを乱すと、社会人としてのひんしゅくを買うことになる。

ロビーで夜桜を見たいと、客が従業員とひと悶着あった九時頃だったろうか、真一郎の部屋をノックする音がした。ドアを開ければドアの外に立っていたのは明子だった。真一郎は驚いてすぐに明子を部屋に招き入れた。

「連れの方、どうかしましたか」

と真一郎は明子に尋ねた。

明子は首を横に振った。ここの部屋の番号は、フロントにお願いして教えてもらったそうだ。

「あのう」

明子は遠慮がちに言った。

「え、あそこに椅子がありますから、どうぞおかけください」

真一郎はふとんを丸めた。やはり若い女が夜遅く来ると真一郎とてドギマギする。

「昼間のお話ですけど」

「ええ」

「私、あれからずっと、部屋に帰ってから考えていたんですけど、男の子が見たっていう魚は、どんな色だったのでしょう」

「えっ、あ、青とか言ってましたよ」

「そうですか」

明子は身を乗りだした。

「私、天然色の夢をたまに見るんです。それが青い蛇なんです。もしかして、その男の子が見たっていうのは蛇では？」

「それは分かりません、私が見たわけではないですから……ちょっと待ってくださいよ。もしかしたら、あなたがケガをなさったのは、私が言った男の子のホームかもしれないですね」

明子の顔は泣き笑いになった。

「それと近くに白と黒、大きなお寺なんかありませんか」

「お寺でなくて、城はありますが」

「その駅は何という駅でしょうか？　お教えいただけませんか。私、母の実家を探しているものですから」

明子はハンカチで涙をぬぐった。

「岐阜県にある鵜又駅です。私があなたに似た人を見たのもその駅なんですよ。本当なんです」

「すみません、本当のお話だったんですね。私たち以前に、男の人にひどい目に遭ってましたから」

明子はまたもハンカチで涙をぬぐった。真一郎もなぜか目が潤んできた。

「私、明日にでもその駅に行って確かめてきます」

「ちょっと待ってください、大森さん、ひと駅くらいの時間では帰ってこれませんよ。

私が付いていってあげたいのは、やまやまなんですが、どうしても明日は抜けられません。どうですか、一度諏訪へ帰られて、改めて来られては？　お友だちのこともありますし。その時は私がご案内しますよ」

真一郎はリュックサックの中にある名刺を明子に渡した。

「三愛県庁資料室室長、水上真一郎」とある。明子はその名刺をじっと見つめたままだった。

「大森さん、私に少しだけ時間をいただけませんか」

真一郎は言った。

黄桜の旅は、カメラ同好会の三人で行くはずだったが、二人が仕事で行けなくなり、真一郎一人で来ていた。案内人の広崎にこれ以上迷惑はかけられなかった。

「はい。その時は必ずお電話しますので、よろしくお願いします」

明子は立ち上がり、頭を下げた。

深々と頭を下げた姿がいじらしかった。明子はもう一度頭を下げるとドアへ向かった。少しして、背中で真一郎の染み入る声を聞いた。

「大森さん、鵜又はきっとあなたのお母さんが生まれた町だと思いますよ。あなたに似た人も、あなたに関係あるかもしれません。二人でその人を探しましょう」

その声を聞くと明子の体が止まった。

明子は振り向くと、真一郎の胸の中に飛び込んできた。明子は生まれてから父親の匂いを知らない。養父の修造は忙しく、甘える機会もなかった。ただ一人気を許した常務の山崎静夫も、去年自動車事故で他界してしまった。明子にはもう甘える相手がいないのだ。

真一郎はそのままじっとしていた。肩を抱きしめてやればいいのか、それすらも分からなかった。だが、しばらくして言った言葉は、自分でも淡々とした言葉だった。

「大森さん、お友だちが心配するから……」

その声を聞くと、明子はピクンと反応し、真一郎の体から離れた。そして足早にドアを開け、廊下に出ていった。

一昨日の夕方からの雨は、昨日の夜にはやみ、今日は青空が広がっていた。真一郎は、昨日はあまり眠れず、明け方近くに起きて窓の外を見ていた。今日は黄桜を見に行くはずなのに、昨日の明子のことがしきりに思い出されてしょうがなかった。あのあと、明子はどういう思いで部屋に戻っただろうか。少しは自分を恨んだだろうか。大きな愛で包んでやれなかったと、真一郎は忸怩たる思いでいっぱいだった。

真一郎は明子に後ろ髪を引かれる思いだったが、早めに朝食をとり、広崎光太郎が待つ旅館前の四つ角へ行った。六時三〇分頃だったろうか、すでに広崎は待っていた。広崎は高末町の元職員で、今は悠々自適の身でカメラを趣味にしている。その広崎がカメラ同人誌に、養老山系の養老と南濃の間にある幻の黄桜を紹介したのである。その縁で真一郎ほか、中京市のカメラ同好会は、黄桜を訪ねてみようと思い立ったのだ。三人のうち二人は、仕事の都合で行けなくなっている。

幌がついた広崎のオート三輪で大倉、一敷を経て一敷の林道を西へ一キロメートルほど登ると行き止まりであった。そのあと山道を登り、逆T字の川に着いたのは九時だった。目的地の幻の黄桜の地は、逆T字の川の、そのまた向こうの川の南側斜面にあるという。

　だが、一つ目の沢を行くのは危険で、一つ目の川の山を越えて二つ目の川へ出る、と広崎は言った。広崎と真一郎は、一つ目の川を石伝いに渡った。それから山の柴を払い、笹を払い、木につかまりながら、山を登っていった。

　山で危険なものは、もちろん雪と獣である。それから足場がもろい所と、天候不順だ。前者は滑落し、後者は転落の危険がつきまとう。山の頂に着く頃には息もたえだえ。汗を拭き、水分を摂ることになった。山に登ると分かるが、平地のように時間通りには目的地に着かない。雨降りのあとということもあり、山の頂には少し時間がかかった。

　山の頂は樫の木などが生えていて視界は悪い。休息を一五分とったあと、また木につかまりながら、登ってきた時とは反対の斜面を降りていった。登った距離とほぼ同じだったろうか、一〇時半頃、下りの斜面の遠くで滝のような音がしてきた。

「広崎さん、あの音は？」

「ああ、あれですか、前の山が崩れて、川をせき止めて滝になったんですよ。もう何年になりますかね、二年は経っていますかね。水上さん、山や川は生き物ですよ、日々地形が変わっています」

広崎は言った。

「ほら、あそこ」

広崎は指をさした。樫の木や楢の木の間から見えたのは、崩落した山の斜面だった。木が逆さになったものが川岸に見える。

「あれは、実は山桜なんですよ。私が最初向こうの斜面を見た時には、美しい山桜が一〇本ほどあったんですけど、山崩れで根こそぎ川へ持っていかれました」

広崎は感慨深げに言った。

「黄桜は？」

真一郎は言った。

「心配いりません。ほら、山崩れした左の山ではなく、向こうの右の山に……」

左右の山の間を二つ目の逆T字の川が流れている。

「ここからではよく見えませんから、左へ行ってみませんか」

広崎に促されて真一郎は、滝音が大きくなる左の場所へ行った。そこはちょうど谷風が吹く場所だった。

「ほら、あそこです」

滝の音に消されて広崎の声はよく聞こえない。

広崎が指さす方向を見ると、右の山の南の斜面の切れ間から、かすかに枝らしきものが見える。

「うーん、桜、散ったみたいですね、あれが幻の黄桜なんですよ」

滝音に負けまいとして広崎は大声で言った。

「ここ泳いで渡った者はいないんですか」

負けじと真一郎も大声になった。

「いやあ、ここは昔から危険地域で、いないと思いますよ。何しろ林野庁が遊泳禁止の札、出していますものね」

またも広崎は大声で言った。

「うーん」

真一郎は唸った。広崎が言うのは本当だろうか？　実は黄桜ではなくて、ただの山桜ではなかったかと、真一郎は半信半疑になった。

「残念ですね」と言って、広崎は帰り支度を始めた。

真一郎は諦めきれない。その心を見透かすようにビューという強風と共に、何やら右の山の南の斜面から舞い上がってくる。それは真一郎の体に触れて落ちた。

「ああ、良かったですね、これこれ、私も持っていますが、黄桜ですよ。早く拾いなさいよ」

喜色満面で広崎は言った。

真一郎が手のひらに載せると、ウコン色の桜だ。何か幸せを感じる桜だ。花弁をじっと見た瞬間、その桜はまたも風にあおられて手から川へ舞い上がった。

「あああ」

真一郎は花びらを目で追い、舞っている川の上を茫然と見ていた。

真一郎は日長、資料室で過ごす。いや勤務している。

仕事は各課から回ってきた資料に判を押し、部下に各課別、期別にファイルさせ、保管させることである。年度末や人事異動で資料の閲覧にくる者以外、いたってのんびりした部署である。今真一郎が見ているのは、去年農林部署が出張してまとめた「海岸地方の米の作付け状況」の資料である。三愛県のものもあれば、他県のものもある。箇条書きにされた米の銘柄と地名を、地図とにらめっこして確認する。

これは真一郎の究極の目的、塩害に強い稲を作るための下調べだ。数年前から自宅横のビニールハウスで交配させているのは、その稲ではない。その研究資金を作るための稲、つまりブランド米なのだ。ブランド米の第一弾、第二弾は、近くの借地に植える予定である。

これからの日本人は、政府米に飽きて、必ずうまい米を求めてくる。高度成長を目指している現在、その傾向は徐々に現れていた。究極の目的はマングローブみたいな稲で、夢の夢だ。だが、何か一つ目的を持っていれば、この部署でもけっこう忙しく感じられるものなのだ。

今日は養老山系の黄桜を見てから二日経っていた。真一郎が黄桜の木を見て戻った時には、すでに明子は旅館にいなかった。フロントに確かめたのだ。真一郎は黄桜を見にいく前日、明子に名刺を渡している。明子が真一郎に果たして連絡してくるかは分からないが、電話をしてこないなら、それならそれでいいではないかと思った。明子は自分のルーツが分かったのだろう。

駅に着いたら、明子は何か思い出すかもしれない。自分はその手助けをした、それでいいではないか。そう思うことにした。まだ何日も経っていないのにである。それはあの夜のことを悔いて、そう思っているのかもしれなかった。真一郎は廊下に出て、喫煙場所でタバコを吸うことにした。この資料室は火と戸締まりには、気をつけねばならない。ここの廊下に窓はない。ただコンクリートの壁があるだけだった。

「室長、お電話です」

部下の内藤清子が真一郎を呼びにきた。目元が何やら妖しく笑っている。

「誰から？」

「中島久子という方からです」

（中島？　誰だろうか）

真一郎は一瞬首を傾げたが、電話に出た。

電話は明子の友だちからだった。自分は病気で中京市に行けず、会社の役員である明子のことをよろしく、よろしくと何度も頼み込んできた。養老の旅館で、明子から一部始終聞いたのだろう。高末駅の酔っ払いのことも知っていた。その明子は今夕、中京市に着くという。真一郎は、「これも何かのご縁ですので協力は惜しみません」と言った。久子の声は、しわがれ声で、電話の向こうでせかされているらしく、早々と電話は切れた。

その明子から電話があったのは、久子から電話があったすぐあと、一〇時前だった。真一郎が久子から電話があった旨を告げると、明子の声ははずんだ。

国鉄の中央本線で、明子が中京駅に着いたのは六時五分だった。真一郎は明子を改札口で出迎えた。驚いたことに、明子は子連れでやってきた。小学校中学年くらいであろうか、おかっぱ頭に赤いカーディガン、スカートをはいている。明子が産んだにしては、少し大きすぎる年齢である。

「お子さんですか」

真一郎は尋ねた。

「えーっ」

明子は目を丸くすると、小学生の女の子と顔を見合わせた。二人は笑っている。

「あ、いや冗談ですよ」

真一郎も笑った。そうではないと分かっているのだが、確かめないと気がすまない性分なのだ。

「美子ちゃん。この人はお姉さんのお友だちで、水上真一郎さんよ。ご挨拶して」

明子は美子を促した。

「中島美子です。よろしくお願いします」

美子は両手を前に重ねて挨拶をした。なかなかよくしつけられた子だった。

「こちらこそ、よろしくお願いします」

真一郎も丁寧に挨拶を返した。

「水上さん、この子は中島久子さん、私の親友の親戚の子なんです。私が一人で中京市まで行くと言ったら、この子を連れていけ、ってきかないんですよ。今、久子さん、検査入院しているものですから」

明子は言った。

たぶん久子は今春休みのこの子を連れていけと、言ったのだろう。女の一人旅は、危険が伴う。真一郎は分かるような気がした。

「さ、ではホテルへ行きましょうか。そのバッグ、私持ちますから」

真一郎は明子からボストンバッグを受け取ると、タクシー乗り場まで来た。ホテルは駅前の都田ホテルで、そう遠くはないが、二人は長旅で疲れている、そう察してタクシー乗り場まで来たのだ。運転手に「ホテルに行ったあと、また中京駅まで戻ってくれ」と、真一郎は言った。明子とは翌朝九時に中京駅で会うことにし、その日はホテルの前で別れた。


翌朝九時、真一郎は中京駅に着いた。すでに明子たちは来ていた。昨日真一郎は休暇届を出しておいた。二人の女から電話があったものだから、部下の内藤はチラチラと真一郎を見た。だが真一郎は無視した。この女は組合活動に熱心で、上層部に疎まれているという噂の女だった。真一郎は別段組合活動に何も言うつもりはないが、人の粗探しをするような人物は願い下げだった。

真一郎、明子、美子は中京駅から国鉄高山本線の列車に乗車した。高山本線の列車は、いったん岐阜駅に行って、それから高山方面を目指す。中京駅から岐阜駅、岐阜駅から左に山並み、右に田園風景を眺めた。岐阜駅を過ぎたあと、真一郎は三人分の車内弁当を買った。個人の好みもあるが、幕の内弁当がこの場合最適である。向かいの窓際の美子は、モクモクと弁当を食べている。各務原駅を過ぎる頃から、右手に木曽川が見えてきた。そして遠く小山の上に犬山城も見えてきた。

明子は各務原を過ぎた頃から箸を止め、じっと窓際の風景を見ている。それも時々目をつぶっては昔の記憶をたぐるように……。明子の横の真一郎もそれを見続けた。城がこれほど列車の窓からきれいに見え、それも長く見えるのは、全国的に珍しいのではないかと思った。飽きない。それほど、この城は美しいのだ。

「水上さん、ありがとうございます。私、白と黒の建物、ホームではなく、こんな列車から見たのかもしれません」

明子の目は潤んでいた。もうすぐ目的地の鵜又駅に着く。感慨もひとしおなのだろう。やがて列車は、警笛を鳴らし鵜又駅に着いた。

真一郎たちが鵜又駅に降りると、そこは二年前と変わらなかった。明子と美子は、駅のホームに突っ立ったままである。真一郎は慌てて明子と美子を脇へ寄せた。まだ降りる客はいるのだ。真一郎は二人を上りのホームへ誘った。

「どうです？　何か分かりましたか」

真一郎は言った。確かめたのは、人間の記憶は定かではないからだ。

「ここです」

明子は言った。そして涙をハンカチでぬぐった。

やがて記憶をたぐるようにホームを歩き始めた。そして止まった。そこは正夫が青い魚を見たと言った、少し窪んだ所だった。雨上がりではないから、水たまりはない。

真一郎が見た限り、魚が出入りするような穴はなく、少しひびが入った程度の窪んだ所であった。明子が見た青い蛇と、正夫が見た青い魚、今ここでどっちが本当だったかと、結論は出せない。

だが、その青い色という記憶に限っては、明子の記憶は正しかったと言っていいだろう。なぜなら、それによって明子が運命の糸にたぐられてきたからである。真一郎は明子と美子を伴い、山の診療所へタクシーで向かった。正夫の母親の住所を聞き出すためである。らせん状の山道を登ると、診療所は以前のままの姿で建っていた。

看護婦に、二年前ここで手術した婦人の名前を知りたい、と申し出ると、看護婦はけげんな顔をして奥へと引っ込んでいった。代わりに出てきたのは、恰幅のいい五十前後の医者だった。真一郎はこの医者と以前会っていなかった。

真一郎は医者に明子の母親探しの事情を話すと、意外にも明子の顔を見た途端、住所・氏名・電話番号を教えてくれた。医者は明子の顔から正夫の母親を思い出したのかもしれない。

「明子さん、良かったですね」

真一郎は安堵して明子に言った。

「ええ」

明子はうなずき、ほほえんだ。その顔から期待にふくらむ様子が見えた。診療所の医者が守秘義務を盾に教えてくれなかったら、今頃は途方に暮れていたからだ。真一郎は診療所から外線で、正夫の母親宅へ電話した。

「成瀬でございます」

電話に出たのは美しい声の持ち主だった。この声に、真一郎は聞き覚えがある。

「成瀬洋子さんですか」

真一郎は単刀直入に聞いた。

「え、はい」

電話の向こうで、けげんな気配がした。

「私、水上真一郎と申します。二年前鵜又駅でお目にかかった、覚えていらっしゃいますか」

真一郎は親しげに言った。

「ええっ、あ、はい」

すぐさま返事は返ってきた。

しかし洋子は心底びっくりした様子で、声はひっくり返っていた。あの鵜又駅のハットの男から突然の電話だ、無理もない。

「洋子さん、突然のことでさぞ驚かれていると思います。すみません、今日は折り入ってお聞きしたいことがあるんですが……」

真一郎はとまどっている洋子にかまわず話を続けた。

「私、今大森明子という方と一緒なんですが、この方の名前ご存知ないですか？　鵜又駅に関係ある人なんですけど」

真一郎は横で聞いている明子をちらりと見て言った。

「いえ、存じません」

洋子は困ったような声を出した。

「この方、母親の実家を探しているというもんですから」

真一郎の声は、次第に小さくなっていった。

「母親の？」

「そうです」

「その方の母親のお名前は？」

「それが分からないんです。ただ大森明子という方と、あなたが瓜二つなんですよ。それで心当たりがないかお尋ねしてるんですけど」

「ええっ？　私に」

洋子はまたびっくりした様子だった。

「その方、おいくつくらいの方ですか？」

洋子は明子の年齢を尋ねてきた。

「二十代半ばと思いますが……」

真一郎はまた明子をチラリと見た。明子はうなずいた。洋子はしばらく無言だった。何かしら重い雰囲気が漂っていた。やがて洋子が口を開いた。

「水上さん、私、恥を言うようですけど、その方の母親というのは、行方不明になった私の叔母かもしれません。そして、その大森明子という方、従姉妹かもしれません」

電話の向こうから洋子の涙声がした。

「そうですか、従姉妹ですか」

真一郎は明子を見た。

「水上さん、その方、今どこに?」

洋子は夢中で言った。

「それが鵜又の診療所にいるんです。あなたの電話番号、ここで聞きました」

真一郎は答えた。

「そうですか、それでは私そちらへ伺います。鵜又の診療所ですね」

洋子は早口になった。

「いや、洋子さん、今からだと清瀬市から来られても、ここへ着くのは三時頃になると思いますが?」

真一郎は申し訳なさそうな声を出した。

「いえ、いいんです。私、叔母のことは、ずっと気になっていましたし、それに鵜又を過ぎた所に、私の実家があるんです」

洋子は言った。

「じゃあ、こうしましょう。私たち鵜又駅で待っていますから。その方が、お二人の再会にはいい。そうしましょう」

真一郎は提案した。桜に縁がある二人だ、それがいいと真一郎は思った。

「それじゃあ、鵜又駅でお待ちください」

洋子の電話は切れた。

明子は電話の話は聞こえなかったが、真一郎の口ぶりから洋子が自分と縁がある人だとは分かった。

「明子さん良かったですね。あなたのお母さんの実家が分かりましたよ。今から成瀬さんも来ます。あなたの従姉妹ですよ。良かったですね」

真一郎は破顔して言った。

明子は大きくうなずくと、真一郎の右腕に顔をうずめた。

洋子が鵜又駅に着くまで、美子には雑貨屋でけん玉を買い与え、真一郎たちは駅舎の中で過ごした。真一郎と明子の会話は、自然と仕事の話になった。明子は、自分やひろしの計画と資金調達にも触れたが、真一郎は仕事のことはともかく、家庭のことは言葉を濁した。

洋子を乗せた列車が、三時に鵜又駅にすべりこんできた。改札口から洋子が出てきた。正夫も一緒だ。

（似ている！　洋子さんと明子さんは）

真一郎は代わる代わる二人を見た。真一郎は挨拶をしたあと名刺を渡し、続いて明子も同じ動作をした。再会のシーンは映画のようにはいかない。抱擁などないのだ。長い間会っていなかったのだ、少しぎこちない。

それから洋子が、「話は迫田の実家で」と言い、真一郎たちは鵜又駅から出ているバスに乗り込んだ。六キロメートルほど北へ行った山あいの町であった。迫田のバス停で真一郎たちが降りると、バス停からすぐ行った所に洋子の実家はあった。石垣に囲まれた二階建ての瓦屋根の母屋、庭を挟んで右側に平屋があった。明子は「土岐（とき）」と書かれた表札をじっと見ている。自分のルーツが分かったのだ。感慨もひとしおなのだろう。

洋子が一足先に母屋へ行って、年配の女性を連れてきた。どうやら洋子の母親らしい。その母親は明子を見た途端、駆け寄り手を握り、抱きしめた。母親の目は涙で濡れていた。明子もまた涙ぐんでいた。真一郎たちは、しばらくその光景を見ていた。

土岐家では広い板張りの居間に案内され、軽い食事が出された。事前に洋子が電話で連絡していたのだろう。正夫と美子は、すぐに仲良くなったらしく、けん玉で遊んでいる。食事後、話は自然と明子の身の上話になった。明子は今大森家の養女となり、裕福バスの常務取締役だと言った。

「そう、で礼子は？」

洋子の母親である澄江は、自分の妹である礼子という名を口にした。

（そうか、私の母親の名前は、礼子だったのか）

明子は初めて知った。明子の母親は二、三歳の頃死んだと、澄江に言った。

「そう」

澄江は力なく答えると、それ以上のことは聞かなかった。

「明子さん、私、叔母様のことはうっすらとしか覚えていないんだけど、母から聞いた話では、たいそう分限者だったと聞いているわ。それに女学校の成績も優秀だったって」

分限者とは古風な言い方だが、金持ちだということだ。女学校は旧制ということだろう。

洋子は沈んだ話を盛り返そうとしてか、話しかけてきた。

明子は最初洋子に出会った時から、運命的なものを感じていたが、自分の母親が分限者だったと聞いて、面映ゆい感じがした。明子の母親は、大森邸で野垂れ死にしている。それも着の身着のままである。そのことは鈴木紀八に聞いて知っている。自分が知っている母の姿とは、似ても似つかない話だった。

（何か隠していることがあるのだろうか、それとも自分に言うことをためらっているのだろうか？）

明子は半信半疑になった。人は思い出を語る時、良い話か、悪い話しかしない。土岐家では良い話ばかりだ。

五時頃だったろうか、話に花を添えたいと思ったのだろう、澄江が古いアルバムを持ってきた。アルバムは分厚い。澄江は、これはどこの誰、これはどの場所と自慢げに話していった。両脇から洋子と明子が見ている。ちょうど半分くらいめくったところだろうか、澄江が一枚の写真を取って見せた。写真は女二人に男三人だった。澄江が指さした先が、明子の母親だった。明子に似て美人だ。登山服姿だった。

「これはどこで？」

明子は澄江に聞いた。

澄江は写真を裏返し、目を細めて字を読んだ。「大正十四年伊吹山」と言った。

「ちょっとすみません。写真をお借りします」

明子は気になったことがあるのか、澄江から写真を受け取ってまじまじと見た。

「あっ」

明子の目が大きく見開いた。そのあと、口元がワナワナと震えだした。それは明子の母親・礼子の横に、登山帽とチョッキ姿のひろしの母親、明子の育ての親・真知子似の女がいたのだ。

明子に土岐家との別れの時が来ていた。

七時十分、泊まっていけと引き止める洋子や澄江を振りきり、明子、美子、真一郎たちは最終バスで迫田から国鉄鵜又駅に来ていた。明子は何が何でも今日中に中京市のホテルまで行き、明日、事の真相を知りたいと思ったからだ。それと同時に、土岐家の人たちが自分を引き止めてくれたことが頭から離れなかった。

中京市西山町は丘陵にある住宅地である。近くに私立の女学校（新制）や公立の高校もある学園の街でもある。土岐家を辞したあと、明子は真一郎の手を借り、明子の母親が、女学校時代に下宿していた西山荘に来ていた。住所は澄江が残しておいた明子の母親礼子の手紙から知った。交番で聞いて向かった場所は、西山荘というわりにはハイカラな造りの二階建てアパートだった。

「ごめんください」

明子は玄関右横にある管理人室の小窓に呼びかけた。

「ハーイ」

中から声がして、小窓を開けて管理人が顔を現した。明子は、こういう者です、と言って管理人に名刺を渡した。横の真一郎も名刺を渡した。美子は明子の陰に隠れている。

「何か？　こちらに下宿している方にご面会ですか」

三十くらいの管理人は、小窓越しに言った。

「いえ、ちょっとお聞きしたいことがありまして」

明子はお礼のために用意していた品物を先に出して小窓に入れ、管理人に渡した。

「ちょっと、ちょっと待ってください。今そちらに行きますので」

管理人は慌ててドアを開け、玄関に来た。管理人は大家の佐藤と名乗った。

「突然で失礼します。私、大森明子と申します。以前お世話になった土岐礼子の娘です。この大正十四年頃の写真の人物に見覚えある方、ご存知ないでしょうか？」

明子は写真を見せた。三十年も前のことだ、この大家が知っているはずもないのだが、明子は聞かずにはいられなかった。

「さあ、三十年前というと、私が生まれた頃ですね」

大家は言った。明子の顔が曇った。

「え、ちょっと待ってくださいよ。人呼んできますから」

大家は管理人室のドアを開け、中へ入っていった。

少し間をおいて大家と一緒に出てきたのは、六十くらいの老婦人だった。どうやら大家の母親らしい。大家は明子が言った言葉通りのことを老婦人にささやいた。老婦人は明子が持ってきた写真を見ると、また大家と共に管理人室へ入っていった。そしてまた戻ってきた。老婦人は板張りに座り込むと、過去の下宿人名簿とアルバムを広げた。老婦人は写真の礼子と真知子似の女を覚えていた。

しかし二人の女学校は違うと言った。

明子は今諏訪市のホテルのロビーにいる。諏訪湖畔に建つ西洋風のホテルである。真一郎も一緒である。明子があまりにも気落ちしているのを見て、美子一人では心もとないと思い、真一郎が送ってきたのだ。美子を家まで送っていったあと、明子は家に帰ろうとせず、ホテルに向かった。真一郎は心配で、ロビーまでついてきたのだった。

今、明子はロビーから見える、黒く光る湖面を見ていた。

「明子さん、家に電話を入れたからいいようなものを、これからどうするんですか?

家に帰らないんですか」

真一郎はずっと黙っている明子に言った。中京市の西山荘で、明子の母親は、確かに三十年前下宿していた。そして真知子似の女は、まぎれもなく真知子本人だということも分かった。明子は真相をつかんだのだ。だが、その先のことは、明子は黙っている。

「私、今、迷っているんです。養母にこのまま黙っていた方がいいか、言った方がいいか」

明子がやっと口を開いた。そして両手で顔を覆った。真一郎は明子が哀れになった。真知子は、なぜこんな仕打ちをしたんだろうと思った。

「明子さん、人間、言わぬが花、ということわざもあります。しかし、あなたは真相を知るために、中京市の西山荘に行った。そして真相を知った。あとは諏訪のお母さん・真知子さんに真実を聞いた方がいいんじゃないですか」

「真実？」

明子は言った。

「そうです。それであなたが傷ついたとしても……何もかも失ったとしても、いいじゃないですか」

「何もかも？」

明子は顔を上げた。

「そうです。そうなったら中京市にきて、一からやり直しませんか」

真一郎は明子を優しく見つめた。

明子はその目をじっと見つめ返した。明子が真一郎を見つめた先にフロントがある。そのフロントに見覚えのある顔があった。フロントの支配人と何か話している。その支配人の指図で、その男は振り向いた。

（ひろしだ）

明子は立ち上がった。ひろしは小走りに駆けてきた。

「姉さんどうしたの、どうして家に帰ってこないの」

ひろしは語気を強めて言った。真一郎がいることを意識して言ったのだろう。

「ひろしちゃん、私、しばらくホテルにいようと思うの」

「なんで！　この男と一緒にいるため？」

ひろしは真一郎を睨みつけた。

「ひろしちゃん、何てことを言うの。この人は水上真一郎さん、姉さんが大変お世話になった方よ。失礼よ」

明子はひろしをたしなめた。若いひろしは、ホテルに明子が男といること自体許せないのだろう。

「水上真一郎です」

真一郎はひろしに向かって頭を下げた。ひろしはそれに答えず、明子の方を向いて言った。

「姉さん、今どういう時期か分かるだろう。行かせた僕も悪かったが、会社は火の車だよ。ホテル住まいもないだろう。親父の記念館も立ち上がったばかりだし……」

「ひろしちゃんの気持ちは分かるけど、しばらく姉さんをそっとしておいて、お願いだから」

明子は言った。しばらく三人の沈黙が続いた。

真一郎は二人のやり取りに立ち入ることはできなかった。

「では、私はこれで」

真一郎は二人に言った。真一郎は別段諏訪市に泊まる予定はなく、明子が気を取り直したあと、夜行で帰るつもりであった。

「水上さん……私、何て言ったら」

「いいんですよ。元気になってください」

真一郎はきびすを返すと玄関へ向かった。

「水上さん」

明子の声が飛んだ。明子は真一郎の背中にしがみつきたい衝動にかられた。明子の体が動いた。

しかし「姉さん」と叫ぶひろしの声に理性が働いて、思いとどまった。

洋子は成瀬の家へ帰るのは二日ほどあと、と言ったが、明子たちが中京市へ行った翌日、成瀬家より帰宅を促されている。娘のパーティーを開くので帰ってほしいというのだ。それは姑の口実で、姑は洋子の従妹が来ていることに不快感を表しているのだ。祖父や父が亡くなったあと、それは如実に現れた。なぜ、前もって調べなかったんだろうと、事あるごとに姑は夫に言っていた。小豆相場で大損した女相場師、そして失踪。息子が出世しないのは、そのせいだと言わんばかりであった。

洋子は大人になって、親類の者から、転落の人生となった叔母の話は聞いたことがある。しかし父からは、「財産分与として叔母の借金は処理したから気にするな」と言われていた。そのことを親類の者に言うと、山林が半分以上消え失せたと言った。それでも洋子がこの叔母を恨まなかったのは、祖父や父や母が、叔母の悪口をいっさい言わなかったことと、礼子叔母が洋子にお守りや祝いの品をたくさん残しておいてくれたからだ。その後、礼子叔母の消息は不明だったが、親族が時折、「娘の明子ちゃんはどうしているか」と話題にすることがあった。

人は自分の弱点を指摘された時、事の大小にかかわらず、必ず報復したくなる。相手の口を封じるため、相手の弱点を見つけ、あなたも同じよと言いたくなるものだ。

洋子の姑がそうだった。

　姑は自分の娘が商社の社長をしているためか、洋子の祖父や父の人脈を使うべく頼ってきて、岐阜県に商品を売りつけに来たことがある。だが、それは粗悪品だった。祖父と父の信用は丸つぶれになった。洋子は夫の妹、社長である春美をなじった。

　しかし姑は、叔母礼子のことを持ち出して猛然と報復してきたのである。その祖父や父は、もうこの世にいない。

　洋子は二年前、母を粗末に扱う成瀬家の者に対してひそかに縫製の技術を習得しようと決心した。自立のためである。それは今も続いている。そしてファッションショーの一週間ほど前になると、恩ある人の頼みを断れず、店の留守番をしなければならないと言って、家を空けるのである。一週間ずっと、午後の半日である。夫や姑は、洋子が毎日帰宅すれば、文句の付けようがなかった。

　その夫は最近、ちょくちょく外泊するようになった。もともと会話らしい会話もなかった人だが、その時ばかりは、母を通して聞こえよがしに弁解してくるのだった。たいていは徹夜マージャンと言った。そして無言電話もかかるようになった。

そんな中、一週間ほどして明子から礼状と荷物が送られてきた。高級絹織物だった。それが三反分だったので、姑はたいそう驚いたらしく、根掘り葉掘り洋子に明子のことを聞き始めた。横に義妹の春美もいた。もともと贈り物には弱い人たちで、値段によって人を値踏みするところがあった。

「ねえ、洋子さん、この明子って人、失踪した叔母さんの子でしょう。この前、迫田の実家に来たのは何のこと？　財産のこと」

「いいえ」

「じゃあ、何？」

「理由がなければ実家に行ってはいけないんですか」

「そんなことはないけど……今日の洋子さん、何か変よ」

姑は切り口上で言った。明子は強くなっていた。

「今度、諏訪に、育てのお父さんの記念館を建てたから、お暇な時にどうぞお越しくださいって、言ってこられたんです」

洋子はこの二人がシャクにさわって、明子の言葉をそのまま言った。

「これでよろしいですか」

洋子は立ち上がった。

「あのう、記念館って何なの？」

姑が聞いた。

「諏訪裕福バス創業者の大森修造記念館です」

洋子はそう言うと、箱に入れてある絹織物の反物を一つずつ運び出した。姑と義妹は顔を見合わせた。

「洋子さん、あの裕福バスって、信州一円のバス会社？」

さすが商社の社長だけあって義妹の春美は知っていて、半信半疑で聞いてきた。

「私よく存じあげないんですけど」

残りの絹織物の反物を持って洋子は玄関口をあとにして、自分の部屋に行った。


一週間後の夜であった。

「お母さん、諏訪の裕福バスの資産、調べ上げたの。おおよそだけど大したものよ。

それにリゾート開発もしている。これから発展する会社ね」

　春美は調査書を見て言った。

「ほう、じゃあ明子って人は？」

「そこの重役よ、常務取締役」

「へえー」

　姑は心底驚いた様子だった。

「洋子さんちょっと……」

　お勝手にいた洋子を姑は呼んだ。

「何でしょうか」

「あなた、この間の明子って人に、何か送らないといけないわね。お近づきのしるしに」

「そんな必要はないと思いますが……」

　洋子は無関心をよそおった。

「あるわよ。親戚じゃない。ね、お母さん」

横から春美が口を挟んだ。

「そうですよ。こちらも、きちんとした物、送らないとね」

と姑は言った。続けて春美が、

「ところでね、洋子さん。私と一緒に、いえ紹介状でも電話でもいいの、その明子さん、紹介してくれないかな。今うちピンチでね。去年のカイロなんかも在庫が山のようにあるの。ね、お願い……」

甘えるように洋子に言った。

洋子は、あまりにも叔母を小馬鹿にした姑に対して、反発して記念館のことを言ったが、もう後悔していた。信用をなくした祖父や父のことを思い出したのだ。

精神的ショックから立ち直る時間には、個人差がある。明子の場合は、どうだったのだろうか。

ホテル住まいを始めてから一週間が経っていた。今はホテルから毎日会社へ通う身だ。ひろしや久子は、心配してホテルにやってきた。そして、明子を見守るために社員の一人をホテルに置いて帰っていった。

明子は意を決して、真知子に会おうと思った。


土曜日、諏訪高原療養所で明子は、社員の杉原が運転する車から降りた。ちょうど山すそから二合目辺りだろうか、周りは白樺とカラマツ林である。受付で面会の許可を得ると、長い廊下を通って第二病棟へ入った。ここは比較的自分の身の回りのことができる患者の病棟である。明子の養母・真知子の病室は、東の端の個室である。

ノックすると、お手伝いの信子が出てきて、真知子に明子の来訪を告げた。真知子はロッキングチェアに座り、窓から風景を見ていた。青い諏訪湖が半分見えた。明子が来たのに、真知子は振り向きもしなかった。

「お母様」

明子は真知子に静かに語りかけた。すでに信子には座を外すように言ってある。

「中京市西山町二丁目一番地西山荘、土岐礼子、それが私の本当の母親だったんですね」

後ろ向きのロッキングチェアが止まった。

「そして、あなたは親友の杉浦真知子。それがあなたの正体だったんですね」

明子は静かに語りかけたつもりだが、次第に涙声になっていた。

「なぜ、こんなことを、なぜ一言、言ってくださらなかったの」

明子の声は鋭く、その声は震えていた。

「意外と早く見つかったのね」

真知子は淡々と言い、しかもその声は冷めていた。

「意外に早いだなんて、何てことを……私はある人に会わなければ、一生桜の駅を探し回っていたんですよ。そんな私を見て、あなたは何も感じなかったんですか」

明子の目から涙が落ちた。

「ふん、何よ。たかが四年、私の父や母から比べれば小さなことよ」

真知子は言った。

「それに私は、礼子の親友じゃないわ。礼子が私を親友と思っているなら、私を見捨てたりしない」

「お母様、どういうことですか？」

明子は気色ばんだ。

「あなたのお母さんはね、私の両親を自殺に追いやったのよ……そう、言うならば人殺しね」

「えぇー？　そんなの嘘です。信じません」

明子は叫んだ。

「信じようと信じまいと、それはあなたの勝手、私はそう思っているわ。ね、聞きたい？」

「…………」

「私の両親は、三河の羽豆町で水産加工会社をやってたのよ。それが新興の会社に不渡り手形をつかまされてね。その手形を当てに、漁協に支払いをするはずだったのよ。それがダメになって……父は相手を探したわ。でも詐欺だと思った時は後の祭り。借金だけが残ったのよ。それで昭和初期の当時、飛ぶ鳥を落とす勢いの相場師だったあなたのお母さんに、お金を借りにいったのよ。そうしたらね……」

真知子は涙声になっていた。

「私、畳に頭をこすりつけて頼んだのよ。絶対返すからって、何度も何度も。でも、礼子は冷たかった。それほどお金が欲しいならって、くれたのはたったの二円三十銭だった。あなたもそのお金を元手に株で儲けなさい、ってね。私も二円三十銭を元手に始めたから、ってね。株のイロハも知らない私によ。礼子の手からパラパラ落ちた五十銭を見た時、本当に悔しかった」

真知子は言った。

「でも、会社を担保に銀行からお金を借りるという手段もあったじゃないですか」

明子は言った。

「それは資産があるとこ。借地の上に建っている会社に誰が貸すというの」

真知子は声を荒らげた。

「両親は死んじゃった……でも、運命って皮肉ね。私は中京市の港湾事業祭のコンパニオンをやっている時、大森修造に見初められて、諏訪市に来たの。それから運が開いたのよ」

「それで岐阜の母が、あなたに借金申し込みに大森家まで行ったんですね」

「そうね。よく分かったわね」

「私、伊根の運転手さんのところまで行ったことがあるんです。着の身着のままだったって……」

「あなたのお母さんと再会したのは、偶然と言えば偶然、いえ偶然ではないかもしれないわ。西山町の画廊の人が、店をたたむからって、友だちから聞いて行ったわけだから……画廊で再会しても、あなたのお母さん、きれいだった。それでね、私も幸せよって、こっそり住所を教えたの。今は社長夫人、ってね。少しいじわるな気持ちもあってね。そしたら、諏訪に借金申し込みの手紙が来たの。岐阜の実家が大変だといってね。そして本人も来たわ。私、知らない人だと言って会わなかったけどね」

　真知子は言った。

「それで母は、大森の庭で死んでいたんですね」

　明子は涙を拭いた。

「そうよ、急性の病気だったのよ」

「でも、そんなに岐阜の母が憎いなら、なぜ私を拾って育てたんです。そのまま岐阜に送り返せばよかったではないですか。急性の病気だって信じられません」

「でもね、それは本当よ。誰もあなたのお母さんに何もしていない。もちろん私自身も何もしていない。医者がいたから絶対よ」

真知子は断言した。

「では、なぜ、私を？」

「それは、あなたに死んだ初恋の人の面影を見たからよ」

真知子は言った。

「じゃあ、私は？」

「そう、私の初恋の人、貧しい画家の、あなたは彼の娘」

「でも、お母様はある時期から私を疎んじ始めたじゃありませんか。今のも信じられません」

明子は半信半疑で聞いた。

「それは、あなたがお金を十銭、物乞いの子にあげた時からよ。あなたは、礼子が私にしたことと同じことをしたのよ。そして、その顔が礼子そっくりになってきたの。私心臓が止まるくらい驚いたの……それからは、なるべくあなたとは接しないことを心掛けてきたの」

　真知子は心なしか声を落としたようだった。

「では、私は今までお母様にとって、何だったんでしょう」

　明子の目から涙が落ちた。

「私の父や母を死に追いやった女の娘、そして私から初恋の人を奪った女の娘よ」

「もうやめてください」

　明子はそう言うとドアを開け、一目散に白樺林の中に入った。涙が頬を伝って何度も何度も地面に落ちた。

　夕方のホテルから見る黄昏は、今日はやけにもの悲しい。オレンジ色の空よりも、鉛色の雲がその色を飲み込むようだ。

（私は悪女の子、そう心の中でつぶやく自分がいる。しかし、もう一人の自分は、私はしっかり生きてきたつもりと言っている）

明子は敵対する者に絶望はしない。それは人間としての最後の魂があるからだ。しかし愛する者や家族に裏切られた時、明子は絶望の淵に立つ。

その時、明子は誰を思い浮かべただろうか。明子は無性に真一郎に会いたくなった。いや声を聞きたくなった。

明子はホテルのフロントに外線へつないでくれるよう頼んだ。何をしゃべろう、何を話したらいいのだろう。ただ声さえ聞けば……電話がつながる間、そのことばかり考えていた。

電話はつながった。しかし、その声は真一郎ではなかった。

「あなた、あなた」

悲痛な声をした女の声だった。たぶん、奥様だろう。明子は直感した。明子の顔は、泣き笑いのような表情になった。無言のまま明子は電話を切った。

「ふ、ふふ、馬鹿ね、私ったら……嘘つき」

明子は床にへたり込み、泣いた。

真一郎が最近よく休暇を取るので、心配した仲人の小山が、義父の鳥居義夫に電話をしたのだ。その義父と妻の良子が、真一郎の家に来ていたのだ。もちろん、そのことを明子は知らない。

　明子は真知子から罵られたあと、またホテル住まいに戻った。なぜか、自分の姿を大森家の中で晒したくなかったのだ。真知子がいないとはいえ、もう大森の家族の一員としては振る舞えないと思うのだ。ここなら諏訪湖が見え、心がいつか癒される、そう思ったのだ。


　火曜日の夜、ひろしから、電話交換手を通じて部屋に電話があった。真知子が危篤だという。

　明子は急ぎ、社員の杉原の車で高原療養所へ行った。このあと会社の重役や幹部たちが、ぞくぞく高原療養所へ詰めかけた。会長・大森真知子の危篤の知らせは、すぐにこの連中に伝わったのだ。病室廊下と血の濃い順、会社の上下関係によって、その席順は決まっていたかのようである。

　病室では、ひろし、明子、叔母夫婦と道子と、その子供。そして末席ながら中島久子と藤井平吉が呼ばれていた。東京に住む修造の一番下の妹夫婦は、まだであった。

容体が急変したのは、ほんの半日前だった。真知子は苦しい息づかいの中から医者に、

「ひろしと明子だけを残して」と言った。皆静かに病室を出ていった。

「明子さん」

真知子は明子を呼んだ。

「はい」

明子は今にも泣きだしそうな顔になった。憎もうと思っても、憎みきれない養母だった。

「あなた、私が死んだら、この町を出ていくの？」

真知子は荒い息の中で言った。恩を少しでも返そうとした明子を知っているのだ。

「いいえ、私はいつまでもひろしを補佐していきます」

明子はそう言うと、涙がこぼれた。

「そう」

真知子は涙を見せまいとして、少し横を向いた。

「ひろし、ひろし」

「ここにいるよ、母さん」

ひろしの目から涙がこぼれた。

「あなたの子供をしっかりこの手で抱きたかったけど、もう無理みたい」

真知子は少し笑った。

「何を言っているんだ、母さん。すぐに良くなるよ、すぐに良くなるって」

ひろしは叫んだ。

「私、あの世で、あの人に謝らないといけないことができたみたい……馬鹿ね、私」

真知子は大きく息を吸い込むと、その胸が止まった。

「母さん、母さん」

ひろしは真知子の体をゆすった。

「先生！」

ひろしの絶叫が響いた。医者はすぐに来た。病室の外に待機していたのだ。医者は真知子の脈と目で、その死を確認した。

「八時十分、ご臨終です」

医者は言った。若い看護婦がその記録をとった。

「母さん……」

ひろしは真知子にしがみつき号泣した。

明子はハンカチで涙をぬぐった。病室の外では道子たちだろうか、すすり泣く声がした。大森真知子、享年五十歳。

裕福バス会長大森真知子の告別式は、浄土宗系の諏訪大寺で二週間後、盛大に行われた。すでに密葬は近親者で済ませている。

その日は内外二千人を超す参列者でごったがえした。そして告別式は無事に終わった。明子、ひろしや裕福バスは、前年の常務・山崎静夫に続き真知子を亡くした。会社の支柱となる二人の重要人物がいなくなったことになる。大森真知子は諏訪総合会議所の役員もやっていた。

そして病床にありながら、児童福祉の支援を続けており、学校関係者に強い影響力を持っていた。今後、諏訪総合会議所内の児童福祉支援は、大森真知子のあとは、その知名度と聡明さを持った明子が選任されるであろうと誰もが思っていた。

ところが、諏訪総合会議（諏訪市と近隣市町村で作る）にひろしが出席した時、妙な空気を感じたのだ。それは直接的ではなく、間接的に耳に入ってきた。その後、諏訪信金の理事長が、ご意見番的手紙を送ってきたのだ。その文面を要約するならば、「兵法」に、女子（姉上殿）を使って王をたぶらかし、相手の国を弱体化させ、一気に攻め入る戦法があるが、貴殿には似合わぬ故、以後お慎みあれ、と書いてあった。

要するに、下世話に言うと、明子で美人局（つつもたせ）をするなということだろう。しかし、これはひろしが言い出したことではない。最初は諏訪総合会議所で、信州銀行頭取が言い出したことなのだ。お見合いの一件である。

このひろしの話を聞いた久子は激高し、すぐさま明子と対策を練ることにした。

「明子さん、任せといて。知り合いの弁護士と興信所を使って調べ上げるから」

久子の行動は素早かった。総合会議所全員にアメとムチを使い、芋づる式に噂の元を探り当てたのだ。

それはなんと、あの見合いの席の取り持ち人を務めた鉄工所の社長夫人の夫、つまり社長だったのだ。そして地方へ飛ばされた田安康則と、ちょくちょく会っていることも興信所の調べで分かった。

後ろで糸を引いていたのは、田安と思われる。去年の五月、明子は弁護士を通じて治療費だけを請求した。田安にもよいところはあると思い、強姦未遂は訴えなかったのだ。その情けが仇となって帰ってきたのである。今回、明子は久子と相談して、鉄工所社長大久保利夫と田安康則を名誉毀損で弁護士を通じて裁判所に訴えることにした。


その訴えから二週間後の朝、血相を変えて中島久子は役員室に来た。

「明子さん、見て、ここ」

久子は新聞の地方版ページを見せた。「原野市、長田タエさん、ひき逃げで重体」とあった。

「ね、これ絶対田安の仕業よ、あの強姦未遂の口封じよ。間違いないわ」

久子は力を込めて言った。

「でも、証拠もなしに、そんなことを言っては」

明子はとまどいがちに言った。

「明子さん、この連中に情けは禁物。強姦未遂を訴えなかった、それが今回こういう事態になったのだから。きっとそうよ。これから私、長田さんの家に行ってきます。病院が分からないから報告はあとで……」

久子は足早に去ろうとした。

「待って、私も行きます」

明子はそう言うと、気ぜわしくハンドバッグを取った。

運転は女性運転手である。

長田家は原野市、あの田安がりんご畑に車を突っ込んだ所からほど近いところにあった。家には老婦人がいて、病院は原野市の総合病院だと言った。東京方面へ行く国道沿いから少し入った、コンクリートの二階建てが二棟ある病院だった。

受付で面会を求めると面会謝絶で、控え室に身内の方がいるから、そちらに行かれたらと言われた。控え室のソファにタエの娘が悲痛な顔で座っていた。横には夫もいた。

「長田さん、お久しぶりです。新聞を見て急いで駆けつけてまいりました」

明子は言った。

明子と久子は、この長田家の人と面識がある。長田家の娘・長田光子、その夫・長田信二は、ソファから立ち上がり頭を下げた。

「お加減どうなのでしょう」

明子は言った。

病室に入れないとなると、相当悪いと思わざるを得ない。そこへ担当の医者と看護婦がやってきた。光子は小走りに医者に駆け寄った。医者は二言三言、光子に小声で話すと、看護婦と共に病室へ入っていった。光子はすぐに信二や明子たちの方へ戻ってきた。顔に精気が戻ったみたいだった。信二がたまりかねたように口火を切った。

「どうだった」

「うーん、何ていうか、意識は戻りつつあるみたいだと言われて……」

「それだけか?」

信二は言った。

「それが、うわ言でナヤノクルマって言っているんだって」

光子は不思議そうに言う。

「何のことだ、それって」

信二は分からず腹立たしげに言った。

「でも、意識は戻りつつあるのよ。そうすぐには問いただせないわよ」

光子は少し声を荒らげた。

「あのう、口を挟むようですが、命は助かったみたいですね。良かったじゃないですか」

明子は言った。

「ええ、まあ」

信二はバツが悪そうにうなずいた。昨日から眠れず、不安な一夜を明かしたのだろう。いらつく気持ちも分からぬでもなかった。久子がどこをケガされたんですかと尋ねると、頭と腰だろうと光子は答えた。

「それで警察は何と、犯人は分かったんですか」

久子は光子にまた尋ねた。

「それが、まだ分からないと言われて……」

光子は涙まじりになって唇をかんだ。

「だからよう、俺が……」と言いかけて信二は、明子と久子に頭を下げた。次第に荒々しい口調になっていくのが分かったのだろう。

「だから俺がよう、道ではあれほど注意しろ、と言っといただろう。そうでなくても近頃は、変な車がうろついているって近所の人が言ってんだから」

信二の声のトーンが落ちた。

「それって、いつ頃ですか？」

久子は聞いた。

「下田の家の娘が言うには、一週間ほど前からですかね」

信二は言った。久子と明子は、目を合わせた。

「その下田さんの家、長田さんの家から遠いんですか」

久子は矢継ぎ早に尋ねた。
「いやあ、三軒ほど手前のとこですかね」
「すみません。またお見舞いにあがりますので」
久子はお見舞いの品を渡すと、明子を促して病院を出た。
明子と久子は、また専用車で長田家まで行って下田という家を訪ねた。下田の娘は
あいにく留守で、小学校に登校しているようであったが、久子は長田光子の友人だと
言って面会を求めた。しかし、すでに警察が来て、この下田の娘に事情聴取したらし
く、母親が代弁するには、車のナンバーは覚えていないと言ったのである。明子たち
は車に戻った。
「あーあ、がっかりだわ」
久子はどっと疲れが出たのか、車の座席にもたれた。
「ね、久子さん、ナヤノクルマって何でしょうね」
「ナヤノクルマって?」
「ほら、長田さんの娘さんが言ってた」

「ああ、あれね、一輪車かなんかと違うかしら」

久子は気持ちが切れたのか、力なく答えた。

「安井さん、この道を少し上の方まで行って」

明子は女性運転手に言った。長田家を過ぎて、左右にりんご畑が広がる所に来ていた。

そこは明子が思い出したくない場所だった。そのりんご畑の下の方に小屋らしきものが見える。明子は久子と一緒に、その小屋に行ってみた。広さは外から見ると、六畳くらいだろうか、鍵はかかっていない。板戸を開けると鍬、備中鍬、竹ざるがあるだけだった。一輪車なんてなかった。

「やっぱり、ないわね」

明子は言った。

「久子さん、よく人が殺されそうになる瞬間、何かメッセージを残すっていうじゃない。ナヤノクルマは、もしかして車のナンバーの語呂合わせじゃないかと、さっき思ったの。納屋に一輪車があったら、その考えは間違いだけど……。きっとそうよ、長田さん、うわ言で言うのは、犯人のナンバー瞬間的に見たからよ。そうに違いないわ」

明子は力を込めて言った。

「明子さん」

久子は叫んだ。

「私、すぐ弁護士と一緒に陸運支局に確かめてくる。さ、早く帰りましょ」

久子は明子を促した。

78の付くナンバーを陸運支局で照会したところ、二日後、リストの中に鉄工所社長大久保利夫が見つかった。久子は警察に通報した。大久保利夫は警察に任意同行されたあと、家宅捜索され、鉄工所内から解体した自動車が見つかったのである。

そして大久保の自供により、田安康則も逮捕されたのである。


二週間後、諏訪総合会議で満場一致、真知子のあとは、明子が児童福祉支援会長として選出された。

むろんその席に、ひろしもいた。明子は真知子の遺志を継いで、孤児院や施設を回ることになった。それは不定期であった。渉外部が日程を知らせてくれれば、それをこなすだけである。

だが、行く先々で施設に飾られている「真知子」の写真を見るたびに、いかに養母が慕われていたかを思い知らされることになった。そして自分に小さい時からいっさい構わなかった養母を思い出すたびに、やるせない思いがしていた。どちらが本当の真知子の姿かと問うてみても、容易に答えは見つからなかった。

そんな施設回りが一段落した日、ひろしから青年部の懇談会に誘われた。諏訪総合会議所会館の小ホールで行われると言ってきた。来賓に今、東海地方で時の人となったサラリーマン向け金融会社「東海ローン」の社長である広本一が来るという。前に一度名刺交換したから覚えているだろうと、ひろしは言ったが、明子はあまりよく覚えていなかった。

「とにかく、絶対行ってよ」と何度もひろしが言うので、明子は九月の第一土曜日の午後、小ホールへひろしと出かけることにした。懇談会といっても、一種のパーティーみたいなものである。喪に服している二人には、母に申し訳ないが、少しの間目をつぶってもらうことにした。それに青年部同士の集まりである。派手さはない。

「姉さん、姉さん、この人」

ひろしは馴れ馴れしく手を引っぱってきて、広本一を明子に紹介した。

ひろしはニヤニヤしながら「握手したら」と広本をそそのかす。広本は慌ててハンカチで手をしっかり拭き始めた。体のどこかが悪いのか、と思うくらいコチコチである。明子は広本の差し出す手を優しく握った。ゴツゴツとした手のひらだった。明子がほほえむと、広本の顔が真っ赤になった。

「広本さん、しっかりしてよ」

また、ひろしは冷やかすように広本の腕を軽く押した。

「いやあ、僕はそのう、あがり症、だもんで」

広本はしどろもどろで、ひろしに言い訳をした。

「ね。姉さん、向こうのボックスで、三人で話をしない？　広本さん、こう見えても会計士の資格持ってんだから」

「まあ」

明子は広本を見つめた。

「いやあ、まあそのう」

また、広本はしどろもどろになった。

明子、ひろし、広本がボックスに向かう途中、進行役の伊藤が広本に駆け寄ってきた。

「何だろう」と、ひろしはけげんな顔で伊藤を見た。懇談会の挨拶は、青年部長が最初にして、すぐ立食やボックスに座っての懇談は始まっていたからである。伊藤が言うには、広本さんに青年部に対するエールとか、激励の言葉を壇上でしていただきたい、と言うのだ。

「周りの来賓の方を差し置いて、自分が……」と広本は固辞した。だが、青年部長から請われると、さすがに断れなかった。広本は壇上に登った。そして講演した。

その内容は、自分の父は銀行員であったが、理不尽にも責任を押し付けられ、銀行を辞めざるをえなかった。しかも自分の家には蓄えがなかった。自分は昼間働き、夜間学校へ通い、歯を食いしばって大学を卒業した。あの時、少しの金を銀行が貸してくれれば、こんな苦労はしなかったはずだ。自分はその思いのために、サラリーマン諸君や学生たちが悪の道に走らぬように、金貸しを始めた、とこういう内容であった。その姿は、あの明子の前で、しどろもどろになった広本ではなかった。明子は広本が必死になって生きてきたことを知った。

帰りの藤井平吉が運転する専用車の中で、ひろしは明子に話しかけた。

「姉さん、僕ね、あの広本さんと何度も最近会っているんだ。ウマが合うっていうか、それで僕の夢を話したわけ。そうしたら、えらく興味がありそうで、資金出してもいいって言うんだ。それでね、姉さんがこの前教えてくれた彼岸花、営業権を担保にして融資してもらおうとしたんだけどね……」

「ダメだったの？」

「だめだった」

「そう」

「でもね、君が僕の身内になれば一蓮托生、僕も覚悟ができると、広本さんは言ったんだ」

「じゃあ」

「そう、姉さんをお嫁さんに欲しいんじゃないかな」

「そう?」

明子はお世辞にも美男子とは言えない広本を思った。

その一年後、明子と広本は婚約した。

四

今は三月、去年の九月は洋子にとって、大きな転機となることがあった。そう、明子や真一郎と会った半年後だ。安藤ミツが出店している中京市今栄町の洋服店で、夫・成瀬道夫が警察官に職務質問された年だった。不審者として通報したのは、洋裁教室の高田であった。教師とファッションショーのチームを外されて、この洋服店の店長として赴任していたのだ。

道夫は家では、母親ベッタリの男。しかし妻には横柄、しかも猜疑心の強い男だった。妻が実際この店にいるかどうか確かめに来たのである。そして高田が今度は、道夫を今栄町手前の池田町のホテルに女と入っていくのを見たと、洋服店から電話をかけてきたのだ。

「あまりにも家庭をおろそかにしていませんか」という嫌味までついてきた。この噂はまたもやチーム内に広まった。

（噂を流したのは、高田の腹心・市田だと思う）

一度ならず二度までも、洋子はチーム内で針のむしろ状態だった。ファッションショーであれ、スポーツであれ、チームワークの欠如は、勝敗の分かれ目である。明子はその日から、元の洋裁教室の生徒に戻りたい、と安藤に申し出たが、安藤は許さなかった。プライベートと切り離して頑張れと励ましたのだ。

そんな中、高田の息のかかった市田と藤村が、病気と称してチームから抜けたのだ。このしわ寄せは、チーム全員に来た。ライバル沢木には負けられない。この危機的な安藤を救ったのは、やはり洋子のアイデアだった。

それは安藤ブランド、商標を創ることだった。洋子は誰にも愛される猫をデザインして、洋服の右にキャット、そして三〜四年ごとに車のモデルチェンジよろしくキャットのすぐ左のデザインを変えていくことを提案したのだ。

　去年の第一号は、キャットにスミレの花だった。この安藤ブランドマークは、たちまち若い女性の間で人気となり、遠くから買い求めに来る者までいた。そんな安藤ブランドの売れ行きとは別に、今年になって洋子は、正夫を連れて家を出ていた。去年の夫・道夫の浮気と、大森明子に義妹が近づこうとしていたことが起因していた。

　そして三月、秋のファッションショーの準備が始まった。一昨年の基調は、オレンジにホワイト、昨年は黒と紫を基調にして大人の雰囲気を演出した。今年はエンジである。そんな準備をしている月曜日の午後、

「洋子さん。あなた、おうち出たの？　さっきお姑さんが来てね。どうしてもあなたに会いたいと、おっしゃってね。私、事情が分からないから後日連絡しますと、言っといたわ」

　安藤はコーヒーを勧めながら言った。アトリエの中である。洋子はうなずいた。

「そう、おうち出たの？」

安藤は少し笑ったように見えた。

「あ、いえ、ごめんなさい。笑ったのは、あなたも私と同じ道を行くのかな、って思って笑ったの。気分害したら、ごめんなさい。私もね、亭主に浮気されたあげく、離婚しちゃったから。なんか同志ができたって感じ」

安藤は言った。

洋子はまだ離婚はしていないが、ゆくゆくはそうなるだろうなと思っていた。

「洋子さん、今お住まいはどこ？」

「寺田町です」

「そう、ここから私鉄で二つ目の駅か。大変でしょう、坊やどうしてるの」

「小学校はバス通学させています。すぐ学校変わるのは可哀想で……」

「そう。ね、うちへ来ない？　ここの洋裁教室のすぐ近く、私ここに寝泊まりばかりしているから、あまり帰らないけど……お手伝いさんと娘がいるわ。部屋もあるし。ね、そうしなさいよ」

「でも、家を出たそうそう、先生のお宅にごやっかいになるのは気が引けます。私しばらくアパートから、ここへ通うことにします」

「うーん、そう。でも気が変わったら、いつでもいらっしゃい。うちの娘、あなたのファンなのよ」

「えっ」

「お母さんのとこに、あんなきれいな人がいたなんて、と言ってね。最初、女優さんかなんかと思ったと言うのよ。ふふふ」

安藤は笑った。

「私、先生がうらやましいんです。先生はお仕事いっぱい抱えてらして、娘さんの子育ても立派になさっていて……私これから子供と一緒で、果たして仕事やっていけるかな、と思っているんです」

洋子は少し考え込んだ。

「まあ、洋子さんたら。私ね、子育てなんかやっていないのよ」

「えっ」

「あの娘はね、元夫のとこが嫌で私の所へ来たの。だから言ったの、私、子育てしないけど、それでいいかって。そしたらご飯食べさせてくれるだけでいいって、言ったのよ。ふふふ、だからあとは、ほったらかしよ」

「でも、あんなに優秀で、そんなほったらかしなんか、そんなふうに見えません」

「それはグレたら、家を追い出されるからそうしてるだけ……だけど、私二つだけ娘に注意していることがあるの。それはね、娘が構ってくれとボールを投げてきた時と、友達が持っているのにって言った時。注意深く見て話し合うことにしてるの。子供はね、確かめたがるのよ、親の愛情を。洋子さんが縫ってくれたセーラー服も、そういう感じね。

それから子供の世界って見栄はるの。だから要求する物は、なるべく買ってあげることにしてるの。大人みたいに我慢できないから……子供の要求する物って、車や家ではないから、金額だってたかが知れてるわ。その代わりに、昼食はサンドイッチかおにぎりにするの。切り詰めたとこ、見せるため」

安藤は笑った。うんうんと洋子はうなずいた。

「洋子さん」

「はい」

「あなたの今度のキャットとコスモス、素晴らしかったわ。遠方からもお客さん来たし、もう私自信ついてね、東京のお客さんを開拓しようと思ってるの。そして、その次は世界よ。ね、洋子さん、私についていてきてくれない？　あなたは語学力もあるし、縫製の技術は抜群、もちろん人を惹きつける魅力もあるわ。これからは東京よ。その布石に、青山に場所を探しているのよ。ね、一緒に夢を見ましょう、洋子さん」

安藤は言った。

安藤の東京進出の準備は、着々と進められていた。ブランド店の青山の店舗、そして神山町に縫製工場の家屋を確保した。これからは、清瀬市と東京で安藤チームは二手に分かれての仕事になる。だが東京では洋子を代表代行にするにしても、清瀬の人選では、安藤は頭を痛めていた。不正経理及びチームワークを乱した今栄町の店長高田は解雇、そして病欠と称して高田に追従した市田と藤村には辞めてもらった。

この三人を失うことは、安藤にとって痛手だが、これからの洋裁教室の運営を考えれば仕方のないことだった。安藤はこれから清瀬市と東京を行ったり来たりの生活になる。安藤の留守の間に、トラブルがあっては困るからである。

「洋子さん、コーヒー入ったわよ。いらっしゃい」

「はい」

洋子は青山に飾る洋服の縫製の手を休めて、アトリエへ入っていった。コーヒーは
いつものブラジルコーヒーだ。

「洋子さん、あなたに東京へ行ってもらうのはありがたいけど、息子さんの手続きな
んかどうするの。そう時間はないと思うけど」

安藤は言った。東京にはチームの寮を確保している。

「それについては、まだはっきり結論出していないんです」

「え？　どうしてなの」

「先方が、跡取り息子だから、こっちで引き取ると言ってきたんです」

「まあ、なんで早く言ってくれなかったの」

安藤は驚いて言った。

テキパキと仕事をこなす洋子の身振りや素振りから、そんなことがあったとは、微

塵も感じなかったのだ。

「いえ、先生は今大事なお体ですので、余計なことは……」

この時ばかりは少し洋子の顔が曇った。

「何言ってるの？　遠慮しなくていいのよ」

安藤は言った。

洋子は安藤のために、精力的に動き回っている。自分のことは二の次にして……安藤は洋子がいじらしくなった。

「私、今迷っているんです。夫から仕事と子育て両立できるかと言われれば、そう自信はないし、仕事は好きだし、子供も手離したくないし……」

洋子は力なく答えた。

「そうね、私も経験があるから分かるけど、スパッと割り切ることはできないものね。ま、私の場合は、そう言われたから、はい、そうですかって、仕事選んじゃったけどね」

「先生は、お強いから」

「いいえ、そうじゃないの。私、悩んだことは悩んだの。でも、夫に預けた方が、この子の将来にいいかなって思っただけ。一つのものに集中すると、一方のものがおろそかになるのは、当たり前だもの」

安藤は自分を納得させるように言って洋子を見つめた。

「でもね、夫に預けるにしても、何カ月かに一度は会っていた方がいいわよ。子供の成長って早いから。私、さなえと一年ぶりに会った時は、びっくりしたから」

安藤は笑った。

「先生」

「え？」

「あの今、生徒同士というか、チーム全体で噂になっているんですけど、高田さんや市田さんが辞められたあと、清瀬の代表代行に誰がなるかって、それはもう仕事に手がつかないくらい。あ、すみません、余計な口出しをしてしまいまして」

洋子は慌てて頭を下げた。

「ううん、いいのよ。あなたは東京代表代行、これからはあなたの意見もどんどん取り入れていこうと思うの。人事の面でも言ってみて」

安藤は言った。

「今、さなえさんのお名前が出たものですから。私、先生のカリスマ性のあとを継ぐのは、やはり娘さんのさなえさんではないかと……それで、さなえさんなら求心力があって、ファッションにも興味がおありで、清瀬の代表代行に最適だと思いまして。すみません」

洋子は言った。

「あなたって人は……」

安藤の目が少し潤んでいた。

洋子の考えは、一つ一つポイントを衝いているのだ。

安藤の娘は一六歳だが、象徴としてなら十分通用する。あとはサポートする人間がいればよいのだ。

「洋子さん、清瀬代表代行は安藤さなえ、補佐する人は古参の神村さんよ。決まり」

安藤は笑った。

八月第三月曜日、安藤と洋子が、いよいよ東京へ出発する日となった。二人は、この日以外にも、列車で清瀬（尾張）と東京間を何度も往復しているが、それは準備の段階であった。今日が本当の東京進出の第一日目となる。正夫は成瀬家が無理やり連れていった。

二人は中京市北にある東海空港、中京発羽田着のジェット機一一時一〇分の便に乗った。

三階の空港デッキでは、生徒たちが成功を祈って、安藤カラーのオレンジ色の小旗を力いっぱい振った。タラップのやや上に安藤、その下に洋子、二人は小さく手を振ると、その見送りに応えた。

「さあ洋子さん、勝負の時よ」

「はい」

二人の乗ったジェット機は、雲一つない青空に轟音を立てて東京の空へ飛び立った。

明子は婚約後、豊橋に拠点を持つ東海ローン本社と広本の実家に挨拶に行った。そして仲人の兵藤夫婦の住む中京市新栄町へ行ってきたところである。今日は、この中京市に明子と、道子の母である叔母、広本、そして運転手はホテル泊まりである。中京駅までのこの錦町通りは、土曜日のせいか車が数珠つなぎで渋滞していた。西の空には、夕焼けがきれいなオレンジの光を放っていた。一つの信号が変わるたびに、横に左折右折する車がない限り、信号が変わっても、変わらなくても車は動かなかった。

ちょうど今栄町から二つ目の信号の手前に来た時だろうか、明子は偶然にも、あの高末駅で上映していた『貴族の憂鬱』という映画の看板を見た。リバイバルでこの町で上映しているのだ。そう月日は経っていないが、明子は懐かしさでいっぱいだった。道路横の歩道は、若いアベックが多く、その映画館へ入る者もいれば、横の酒場に入る者もいる。人波は絶えることなく続いていた。その人波とすれ違うように広本の車も動き出した。やっと左右の道へ進行する車が増えたのだ。明子は惜しむかのようにまた映画館の看板を見た。

その時、心に杭が刺さったように明子の体に衝撃が走った。明子は後部座席から目を凝らして、しっかと見た。真一郎だ。真一郎が人波から立ち止まって映画の看板を見ているのだ。

（なぜ、どうしてここに。真一郎さんは中京市の外れに住んでいるのに。わざわざ見にきたのだろうか）

いや違う、真一郎はその看板を見たあと、明子の乗った車の進行と逆の方向へゆっくり歩いていく。明子は思わず叫んだ。

「止めてください」

それは絶叫にも近かった。

助手席に乗っていた叔母が振り向き、右隣の広本がびっくりして泡を食ったような顔をした。

「明子さんどうなさったの。びっくりするじゃありませんか」

叔母は言った。

「叔母様、すみません、少し気分が悪くて。広本さんごめんなさい。すぐにホテルには行きますので……」

明子は止まった車からドアを開け、降りた。後ろからクラクションの鳴る音がした。やむなく広本は発車した。リアウィンドウから心配そうに見ている広本の顔が小さくなっていった。

明子は街路樹の間から歩道に入って真一郎を探した。いた！　ゆっくり歩いていく後ろ姿が……数歩駆けて明子は立ち止まった。

（なぜ？）そう自分の心に問うと、突然別の自分がせきたてた。

（何してるの？　早く行かなくちゃ。もう会えないかもしれないわよ、早く行きなさい）。するとすぐに（何言ってるのよ、そんな節操のないことを。私は婚約しているのよ）。また別の自分が自分を責めだした。それは早送りとなって、心の中で何度も何度も駆け巡った。

ひろしの顔が浮かんだ。そして養母「真知子」の顔も浮かんだ。

（そうよ、私は大森家のために生きてきたの。だから、これからも）

明子はきびすを返すと、夕闇が迫る歩道を真一郎とは逆の中京駅に向かって歩き出した。ポトリと涙が落ちた。

（あら、涙が……）

泣き笑いの顔になった明子は、涙を拭かずに歩いた。その顔を通行人が不思議そうに見ては去っていく。通行人が明子の後ろ姿をまた見た。


九月下旬、真一郎にとって複雑な思いの日となった。

部下の一人星崎が、資料室から土木課へ配属されることになったのだ。待遇は主任だった。偏屈なところはあったが優秀な男だったので、少し惜しい気持ちになっていた。代わりに来るのは、とかく噂のある女で、真一郎にとっては憂慮する事態となった。星崎と、その女との歓送迎会が中京市今栄町の会席料理屋の二階で行われることになった。会が進むにつれて羽目を外す者が出てくるのは当然である。

しかし、噂のある女、相田順子は適当に男をあしらい、酒に溺れることなく、普段の姿勢を崩すことはなかった。

（噂は噂か、猫をかぶっているのか？　まっ、自分としては、変な事態にならなけれ

ば、それでよい）

真一郎は、そう思うことにした。

「ねえ、室長、女は相田さんだけじゃないんですよ。私もいるんですよ」

とっくりを持って内藤清子がやってきた。

組合活動をして、ほされたという女だ。それに真一郎が、中島久子と大森明子から電話がかかってきた時、監視されたような気分になった女だ。

「いや、私は別に」

「嘘っ、じっと見てたじゃありませんか」

内藤はコップを突き出した。

「内藤君、飲み過ぎじゃないのかね」

真一郎は苦虫を噛みつぶしたような顔になった。

「いいんですよ。私、今日は飲みたい気分なんですよ」

内藤は真一郎に毒づいてきた。

「私、室長のこと、みんな知ってんですよ。聞きたいですか」

またも内藤はからみついてきた。

「聞きたくないよ。おい、相田君、内藤君を介抱してやってくれ。だいぶ酔っとるぞ」

真一郎は言った。

「いや」

内藤はそう言うと、真一郎の腕をしっかり握って離そうとしなかった。大トラもいいとこである。内藤のメガネがずれて、外れそうになった。真一郎は慌ててメガネをかけてやった。垣間見た感じ、素顔は案外可愛らしかった。

そういえば、明子も養老で、これと似たようなことをしたなと、腕にもたれている内藤を見て思った。あれから、そう諏訪から、明子からの連絡はなかった。真一郎もしなかった。それは再会を約束する言葉を真一郎が言わなかったからである。

だが、それはしっぺ返しのように真一郎の元に届いた。明子からではなく洋子からであった。

「拝啓　暑さ寒さも彼岸までと申しますが、すっかり秋らしくなってまいりました。

水上さんお元気でしょうか。私は今、東京の安藤洋裁教室の代表代行として忙しい毎日を送っております。心配していました青山の出店は、宣伝効果もあってか、大成功を収め、先生、私ともども嬉しい悲鳴を上げております。

それと、もう一つ嬉しいニュースがあります。水上さんは、もうご存知かもしれませんが、大森明子さんが金融関係の豊橋の方とご婚約されたと聞きました。私は迫田では、てっきりお二人は恋人同士と思っておりましたから、誤解していたことになります。この書面においてお詫び致します。では、これから寒くなりますので、お体大切になさってください。かしこ　土岐洋子」

洋子は離婚していた。この手紙を真一郎が読んだ時、何とも言いようのない寂寥感を味わった。人に愛の見返りを求めてはいけないと分かっていても、やるせない気持ちに違いはなかった。

「ねえ室長、何考えてんです?」

内藤は真一郎の左腕をゆすった。寝ていたわけではなかったのだ。

「いやあ、君もメガネを取ると、案外可愛らしいと思ってね」

「本当ですか、初めて室長に褒められちゃった。私、嬉しくなっちゃった。ねえ、室長飲みましょう。ねえ、相田さん、じゃんじゃんこっちへお酒持ってきて、室長に飲ませるから」

「おいおい」

真一郎は内藤の腕をほどいて、両手でバツ印のストップをかけた。

だが、酒とビールのチャンポンにしたのが悪かった。自制していた真一郎のタガが外れ始めたのだ。二次会そして三次会が終わった時、それはピークになった。内藤は「うわばみ」かと思うほど酒に強かった。酔っては寝て起き、酔っては寝て起きるのだ。それも短時間である。果たして眠っているかどうかさえ分からなかった。真一郎の方が酔い始めたのだ。

「では、室長、僕は帰りますので……」

星崎は律義に三次会までつきあい、帰っていった。皆散会となった。

「おい、内藤君、相田君は一次会で帰ったぞ。君はこんなに遅くていいのかね」

真一郎はよろけながら言った。その真一郎に内藤が肩を貸していた。

「何か、あべこべだな」

真一郎は言った。

「室長、今日は変ですね。いつもならシャキッとしているのに」

内藤は言った。

「何を言ってるんだ、内藤君、君が飲ませたんだぞ。さ、僕のことはいい。君はタクシー拾って帰りなさい」

と真一郎は言いながら、表通りの歩道の街路樹にもたれかかった。

「私、室長送っていきます」

内藤は言った。

「何、言ってるんだ。よし、私が送ろう。夜はオオカミが多いからな」

真一郎は言った。

「しかし、なんだな、君のだんなになる人は、大変だな……」

真一郎は続けた。

真一郎に肩を貸している内藤は、真一郎のそんな姿を見られまいとして路地へ入った。路地で少し休ませればと思ったのかもしれない。

「室長、私のだんなになる人って、どういう人がいいんですか？」

内藤は間があったにもかかわらず聞いてきた。

「それはだな……まず財力があるヤツだな……何かに没頭しているヤツは、いかん。家庭をかえりみんからな。その財力でもって、大きく君を包み込む、これが幸せってもんだ。あとは男の力でな……」

「なんです？　男の力って」

内藤は聞いた。

「それは結婚してから体験すれば、よろしい」

真一郎は笑った。

「室長って、その力がまだあるんですか？」

内藤は聞いてきた。二人とも酔っているから話がきわどい。

「何、私を侮るか。よし、あそこに旅館がある。試してみるか、後悔しても知らんぞ」

「後悔はしません」

売り言葉に買い言葉、二人は勢いに任せて旅館の門をくぐった。

玄関には蓮っ葉な女将が出てきて、前金を渡して入った。二間ある部屋だった。薄暗い電灯に右側にふとんが敷いてあり、左側にちゃぶ台と水差しがあった。真一郎は疲れて、壁にもたれて目をつぶった。

「内藤君、水を持ってきてくれないか」

真一郎は言った。酔いが頭の中をクルクル回っていた。真一郎の唇に生温かい感触がした。そしてチョロチョロと口の中に水が入ってきた。

真一郎は一度目を開け、改めて目をしっかと開けた。そこには、あの内藤清子がいた。内藤はまた唇を押し付けてきた。

「内藤君」

真一郎はその肩を握って、真一郎の体から離した。行きがかり上、こうなったが、真一郎はもう後悔していた。内藤はいやいやしながら真一郎の胸に顔をうずめてきた。

「内藤君、私が悪かった。こんな所に連れてきて」

真一郎は言った。

「いいんです。私、室長が好きだから」

内藤は真一郎の胸に深く顔をうずめた。

「な、内藤君、酔いがさめたらここを出よう」

真一郎は言った。

内藤は真一郎の体から離れると、真一郎の左側へごろんと背を向けた。

「室長、まだ奥さんに義理立てしてらっしゃるの」

その声は涙声だった。

「違う」

「では、なぜ？」

「なぜ、って言われても分からないが」

「私のこと、嫌い？」

「違う」

「だったら」

内藤は嗚咽を殺していた。

「内藤君、ただ言えることは、ここで関係を持てば、私は君を明日からまともに見られなくなる。さあ出よう」

真一郎は内藤の手を握った。内藤はその手を振り払った。そして立ち上がった。その目に涙があふれていた。

二人は人通りが絶えたのを確認したあと、旅館から路地を出て、表通りへ続く道を歩いた。タクシーはすぐやってきた。土曜の夜の流しのタクシーである。内藤の家は確か広路町と聞いたが、それとは違う所を内藤はタクシーの運転手に指示した。広路町の隣町の清和荘のアパート近くで内藤は降りた。

真一郎はタクシーにしばらく待ってもらい、内藤をアパートまで送っていった。

「私、今一人暮らしなんです。上がっていきますか？」

内藤は言った。

「いや」

真一郎はかぶりを振った。

「来ないんなら室長と関係したと、言いふらしますよ」

内藤は小悪魔的な笑いを浮かべた。

「君となら本望だ」

　真一郎は真顔で言った。

「ふふふ、冗談ですよ。じゃあ、お休みなさい」

　内藤は明るく言うと、アパートの自分の家の鍵を開け、部屋の中へ入っていった。

　真一郎はタクシーへ戻った。

　だが、このあと、内藤清子が部屋の中で号泣したことを真一郎は知らない。


　一〇月第二日曜日、真一郎は自宅近くに借りている田んぼを見にいった。七畝（約七〇〇平方メートル）ほどだが、稲はたわわに実っていた。今日は台風が近づいたためか、他の田んぼ同様、稲が波を打っていた。

　真一郎が作ったブランド米は、成功していた。農林A号と愛知B号を交配させたものだ。

　真一郎は稲の穂をちぎって手のひらでもみ始めた。中に籾に混じって光沢のある玄米が姿を現した。このブランド米がもっと早くにできていれば、あるいは明子の会社の事業を助けられたかもしれない。

要は運が悪いのだ。明子は好きこのんで金貸しに嫁に行くのではないのだ。そう思うことで自分を慰めていた。それはこの田んぼに来るたびに思った。

風は時に強く、時に弱く周期的に戻ってくる。真一郎は手を開けて玄米を口に含んだ。その時、台風の予兆らしき強風は、その籾束を東から西へ吹き飛ばした。籾は西の空へ高く舞い上がった。

その舞い上がった籾を見て、真一郎は自分の手から飛んでいった、あの黄桜を思った。

完

あとがき

このたびの『桜駅』の出版に際し、ご尽力いただきました文芸社、山田宏嗣氏・宮田敦是氏・文芸社スタッフの皆様に感謝し御礼申し上げます。

橘　葉

桜駅　～遠い日のノスタルジー～

2020年６月15日　初版第１刷発行

著　者　橘 葉
発行者　瓜谷 綱延
発行所　株式会社文芸社
〒160-0022　東京都新宿区新宿1－10－1
電話　03-5369-3060（代表）
03-5369-2299（販売）

印刷所　株式会社フクイン

ISBN978-4-286-21646-1